ウサギさんの恋

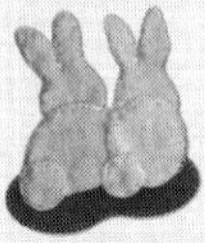

作・絵　はまうち　ようこ

文芸社

目次

ウサギさんとおかあさん

ある朝、ウサギさんが目をさますと、雨が降っていました。こまかい、静かに降る雨です。空は暗くなくて、ほんのり明るくて、あたりはしいんと静かで、そんななかに、薄《うす》いベールが、ふわりと、そしてたえまなく落ちてくるように雨が降ってくる、そんな朝です。

においで（雨が降っているな）と思いました。しっとりとしめった、土や、落ち葉や、木や草のにおい。ウサギさんがこの森に引越《ひっこ》してきて、初めての雨です。夏の終わりかけにひとりで越《こ》してきて、木切れや土や木の枝や、そのほかいろんなものをつかって、おうちをつくって住みはじめたのです。そういえば、と思いました。うちをつくる作業のあい

だ、雨はいちども降らなかった。晴れの日が続いていて、暑かったけども、助かったんだな。ベッドのなかで、ぼんやりと、ウサギさんは思いました。

静かな朝。ベッドのなかで嗅《か》ぐ、雨のにおい。

でも、じつはウサギさんは、そんな朝がきらいでした。音もなく、霧《きり》のような雨が降る、降る、というより煙《けむ》っているような、静かな朝、そんな朝に、ウサギさんのおかあさんはいなくなってしまったのです。なにも言わずに、いつのまにか。

ある朝、雨のにおいを嗅《か》ぎながら、ちいさいウサギさんが目をさましたら、もうおかあさんはいませんでした。いつも、ベッドのなかで目をさましたままそっと見ると、台所あたりで、ふきげんな顔でなにかしていたり、テーブルに頬杖《ほおづえ》をついてすわっていたり、水場でなにか洗っている物音がしていたりするのですが、その朝は、ふきげんな顔も見当たらなかったし、物音もしませんでした。ちいさいウサギさんは起きあがって、あたりをうかがいました。やっぱりなんの物音もしませんでした。

がらんとした家のなかで、ちいさいウサギさんは待ちました。でも、待っても待っても、おかあさんは帰ってきませんでした。だから、それまでおかあさんといっしょに住んでいた家に、それからは、ウサギさんがひとりで住むことになりました。

きょうだいがいればな、と、よく思いました。ウサギさんにも、きょうだいがいてもおかしくはないのです。じっさい、ずっとちいさいころに、ふわふわしたものに包まれていたような、あたたかいかたまりとくっつきあっていたような、そんなおぼえがあります。でも、いつのまにかそれはなくなって、ウサギさんはひとりきりになっていました。そんなものはなかったのかもしれません。おかあさんだったのかもしれません。生まれてすぐくらいなら、おかあさんもそんなふうにくっつかせてくれていたのかもしれません。

ウサギさんのおかあさんは、いつもいらいらしていました。

ウサギさんが、おかあさんについて考えるとき、思いだすことがあります。ウサギさんがまだちいさかったときのことです。

ちいさいウサギさんが、あるとき、（のどがかわいたな）と思いました。おかあさんに言うよりも、自分でコップをとってきて、お水をくんで飲もうと思いました。コップは、食器棚《しょっきだな》のなかの、ちいさいウサギさんには手の届かないところにおいてあります。

まず、自分のいつも使っている、ちいさいいすをとってきました。それを食器棚《しょっきだな》の前において、その上に立って、ぐーんと背伸びをしてコップをとりました。ふらふらして、ちょっと怖《こわ》かったけれども、ぶじにとれて、コップをだいじに手に持って、そうっといすをおりました。

つぎに、流し台までお水をくみに行きます。流し台もやっぱりちいさいウサギさんには高すぎるので、踏《ふ》み台《だい》が必要です。

手がコップでふさがっているので、さきに流し台まで来て、またぐーんと背伸びをして、コップをそのうえにおきました。そして、食器棚《しょっきだな》の前に戻《もど》って、さっきのいすを両手で持ち上げて、流し台の前におくために、よたよた歩きはじめました。

そのとき、ウサギさんは、おかあさんの耳がこちらを向いているのに気がつきました。

ウサギさんは、からだが固くなるのを感じました。緊張《きんちょう》、などという言葉は、まだ知らないウサギさんです。からだが固くなって、顔が熱くなって、目がまわるような気がしました。手足が、うまく動かない感じになりました。

おかあさんが、ぼくを見てる。たぶん、「なにをやってるの」って、いらいらしながら。

両手で持っているちいさいいすが、急に重たくなったような気がしました。おかあさんを見るのが怖《こわ》くて、顔を、おかあさんのほうに向けまいと思うあまり、首がかちかちになりました。

ぎくしゃくと、それでも流し台まで来て、いすを床《ゆか》におきました。よいしょ、と、いすの上にのって、流し台の上を見て、ウサギさんはがっかりしました。

水道の蛇口《じゃぐち》が、遠いのです。とても手が届きません。

でも、ちいさいウサギさんは気がつきました。

（あの、ひねるやつのまんまえまで行って、手をいっぱいにのばせば、たぶんとどくよ）

ウサギさんはやりなおしてみました。流しにコップをおいて、いったんいすをおりて、また手に持って移動させます。


移動のあいだ、蛇口《じゃぐち》は見えないので、だいたいの見当でいすをおきました。上がって手を伸ばしてみました。まだ届きません。

あとすこし。

もういちど移動させなければなりません。


ウサギさんは、真っ赤になっていすをおりました。おかあさんがこっちを見てる。そう思うと頭のなかがぐるぐるしました。見られている側が焼けつくような、まぶしいような、そんな気がして顔を向けられませんでした。おかあさんがいらいらしている。はやくしなくちゃ。はやくはやく。

やっと、蛇口《じゃぐち》のまん前に顔を出すことができました。右手でコップをかざして、いっぱいにのばした左手で蛇口《じゃぐち》をひねって、お水をくむことができました。

ウサギさんは、ほっとしました。お水をとめて、コップを持って、いすをおりようとしました。そのときです。

コップの底のあたりが、流し台のふちにひっかかって、ウサギさんは、お水のいっぱい入ったそれを落としてしまったのです。

かしゃーん！

と音がして、ガラスとお水が飛び散り、
「なにをやってるの！」
と、するどい声が飛びました。
ウサギさんはすくみあがりました。部屋がしーんとしました。

おかあさんはそのあと、なぜかだまっているのです。ウサギさんがそっと見ると、おかあさんは、ウサギさんの顔や手のあたりを見ています。なにか言いたげに口もとがもごもごと動きます。

あっ、と、ちいさいウサギさんは思いました。〝ごめんなさい〟は？　って言おうとしてるんだ。ごめんなさいって言わなきゃ。言わなきゃ。はやくはやく。

おかあさんはウサギさんをじっと見ています。その目に、射すくめられたようになって、からだが固まってしまって、口が、思うように動きません。顔は、きっと湯気がたっているだろうと思えるほどに熱くなっています。あせってあせって、やっと、のどの奥《おく》から出たのは、

「ごご」

という、うめき声でした。

おかあさんはなぜか、一瞬《いっしゅん》泣きそうな顔をしました。

どうしてこんなにかたまってしまうんだろう。〝ごめんなさい〟を言わなきゃならないのに。

どうしてこんなに、からだじゅうがあつくなって、わけがわからなくなってしまうんだろう。おかあさんに見られてるっておもうだけで。

ちいさいウサギさんが、そんなふうに思っていっぱいいっぱいになっているわきで、おかあさんは、背中を向けて、床《ゆか》の割れたコップを片づけはじめました。

〝ごめんなさい〟は、言えずじまいでした。

そんなことがあってしばらくたったあるとき、ちいさいウサギさんは、窓の外に、白いかたまりを見つけました。遠くのほうです。じいっと目をこらすと、それは、お花なのでした。たいくつしているウサギさんはしょっちゅう窓から外をながめるのですが、今日初めてそのお花に気がついたのです。きっと、きのうあたりまでつぼみだったのが、今日になっていっせいに咲《さ》いたのでしょう。

ウサギさんは、しばらくそのお花をながめていました。おかあさん、あの白いお花に、きがついてるかな。

おかあさんに、あのお花を、あげてみようかな。ふと、そう思いました。

ウサギさんは、きゅうにどきどきしてきました。

このあいだ、コップをわってしまった。おかあさんはきっとおこっている。お花くらいじゃ、だめだろうけど。ぼくのすることでわらってくれたことなんてないから、こんどもたぶんだめだろうけど。でも、もしかしたら。

もしかして、あの白いお花を、きにいってくれたら。

おかあさんが、すこしでも、にこっとしてくれないかな。いつもウサギさんはそう思って、願って、待って、さがしているのです。

おかあさんはときどき台所で、テーブルに頬杖《ほおづえ》をついて、ぼんやりしていることがあります。いそがしくしているときより、そういうときにわたさなきゃ。ウサギさんはそう思いました。おかあさんが忙《いそが》しそうにおそうじしている間に、かけていってお花をつみました。そして、窓の下に、ちいさな花束をかくしておいて、ウサギさんは、待ちました。

どんなふうに持っていって、なんと言って渡《わた》したか、ウサギさんは、よく覚えていません。たぶん、ウサギさんの心がつらくて、その記憶《きおく》をしまいこんでしまったのでしょう。きっと、コップのときとおなじように、湯気がでるくらいかあっとなって、ぎくしゃく歩いて、なにかもごもご言いながら渡《わた》したのだと思います。

おかあさんは、受けとってくれませんでした。ぼんやりしているところへ、突然《とつぜん》お花をさしだされて、よくわからないような顔をしたと思ったら、また、あの泣きそうな顔をして、すぐに両手で顔をおおって、いやいやをするように首を振《ふ》りました。

ウサギさんは、そうっとおもてへ出て、目立たないところに、お花を捨てました。

ウサギさんのおかあさんはそんなふうでした。いつも暗い顔をして、なんだかいらいらしていました。ウサギさんは、そんなおかあさんのそばで、いつもおびえていました。家のなかにいても、外をいっしょに歩いていても。

おかあさんのことを、やさしい、安心できる存在だと感じたことは、いちどもありませんでした。

でも、おかあさんは、ひとりしかいない、絶対のものなのです。ウサギさんにとっては、暗い顔をしていらいらしているそのひとがおかあさんなのです。ウサギさんの心のなかのおかあさんの場所に、そのひとがいることは、決まってしまったことなのです。別《べつ》のところに移すことも、別《べつ》のひとや、ものをそこにおくことも、できないのです。

ちいさいウサギさんは、がらんとした家のなかで、棒《ぼう》のように立っていました。

おかあさんが、いなくなってしまった。

いっしょにいても、うれしくもたのしくもなかった。気むずかしくて、神経質で、怖《こわ》いおかあさんだった。けれど、いつもいっしょにいた、おかあさんが、いない。家のなかを見わたしても、外に出てまわりをさがしても。

いない。

いない。

（おかあさん）

（おかあさん、どこ？）

ひとりきりになったウサギさんは、食べるものもひとりで取りに行きました。ちょうど、季節は夏で、ウサギさんの食べるものは草が中心でしたから、好ききらいを言わなければなんでもありました。

でも、食べものをさがしているうちに、入ってはいけない場所に入って、ひどく怒《おこ》られたり、すんでいる森から外《はず》れたところに、知らないうちに行ってしまって、怖《こわ》い思いをしたりすることは、よくありました。

ウサギさんにとって、怒《おこ》られることは、なんでもありませんでした。それより、やさしい声で、「おかあさんはどうしたの？」と訊《き》かれることのほうがいやでした。

もうすこしたつと、もっといやなことが起こるようになりました。食べものをさがしていて、気がつくと、すこし遠くのほうで、ふたり、もしくはなんにんかで、こちらを見ながらなにか言っているのです。

ウサギさんは、そういうときはいつも、そのひとたちに背を向けて、すぐに家に帰りました。帰りながら、どうしても、（帰ったら、おかあさんがいてくれたらいいのに）と、思わずにはいられませんでした。

でも、おかあさんはいませんでした。いつも、ドアを開けて、おなじ思いをするのでした。

（いない）

（おかあさん）

そんながらんとした家にいたたまれなくなって、ウサギさんは、引越《ひっこ》しをすることを決めました。

ひとりでいても、だれにも「おかあさんは？」ってきかれないくらいにおおきくなったら、ひっこしをするんだ、だれも知ってるひとのいないところに。

そして、ウサギさんはそのとおりにしました。

ブタさんからのおくりもの

ウサギさんはそんなわけで、この森にすみはじめたのでした。でも、ともだちはまだできません。ウサギさんは、ひとに気軽に話しかけることができないのです。おかあさんにも好かれていなかった自分が、ほかのひとに受けいれられるはずがない、と、しぜんに思い込《こ》んでしまっているのです。

ウサギさんは、しばらくベッドのなかで、雨の降る日の、あの、つめたいような、ぬるいような空気、晴れた日とはちがういろんなにおいの混じるしめっぽい空気を吸いながらじっとしていましたが、やがて起きだして、なんとなくうろうろと部屋のなかを歩きまわりました。なんとなく出入り口まで行って、扉《とびら》を開けて、外をうかがいました。そして、

それが、おかあさんのいなくなった朝と同じ行動だと気がつくと、いやになって、外に出て郵便受けをのぞいてみました。郵便受けになにか入っていると思ったわけではなく、とりあえず、そのいやな思い出の朝とはちがうことをしたくて、そうしたのでした。

なのに、あれっ？　なにか入っています。

ウサギさんにはともだちはいないので、お手紙は来ません。入っているとしたら、森の集会や、行事のお知らせとか、「家の修理てつだいます。値段は交渉《こうしょう》で。」がけのわきのクマ」といったダイレクトメールとか、だれにでもくる配達物ばかりです。

でも、今日のそれは、紙袋《かみぶくろ》のようです。ウサギさんは、思いがけなくて、どきどきしてきました。そうっと取り出すと、紙袋《かみぶくろ》の口を折り曲げたところに木のクリップがついていて、カードがはさんであります。そこには、

近所に住む　ブタです。

栗《くり》のパウンドケーキを焼きました。
お口に合うかわかりませんが、
どうぞ食べてみてください。

と、書いてありました。

（ブタさん……）

ウサギさんはブタさんを知っていました。近くの、土でつくった家に住んでいる、やさしげな眼をしたひとです。白い、フリルのついたエプロンをしています。よく、風にのって、鼻歌が聞こえてきます。お話をしたことはありませんが、そのひとの鼻歌だとすぐにわかりました。

ウサギさんは、紙袋《かみぶくろ》を開けてみました。ふわあーといいにおいがして、カードに書いてあったとおり、パウンドケーキがひときれ入っています。そういえば、ブタさんの鼻歌が聞こえてくると、そのあとで、たいていいいにおいがしてきます。そうだ、きのう、オオカミさんのおおきな声や、リスのこどもたちのはしゃいだ声が聞こえました。みんな、このケーキをごちそうになっていたにちがいありません。

（あんなふうに、いろんなひとがおうちにやってくる、にんきもののブタさんが、ぼくのことを気にかけてくれた。引越《ひっこ》しのあいさつもしてないのに、ぼくのことを知ってて、わざわざおくりものを、ここまで持ってきてくれた）

ウサギさんは、とてもうれしく思いました。

そうっとケーキを取り出してみました。しっとりと煮《に》られた栗《くり》のかけらがあちこちに見えかくれしています。てっぺんにぎざぎざと、焼いたときに割れたあとが走っています。やさしい黄色で、ふちが茶色くて、ちいさなおうちをたてに切りとったようなかたちの、パウンドケーキ。

ひとくち食べてみました。口のなかで生地がほろっととけて、あとに残ったかけらを噛《か》みしめると、栗《くり》の香《かお》りが口いっぱいにひろがってから、鼻に抜《ぬ》けて……、ウサギさんはうっとりしました。飲みこんで、すうーと息を吸ったら、栗《くり》の香《かお》りと入れかわりに、雨の日のにおいが鼻に入ってきました。

ウサギさんはケーキをだいじに食べました。

半分食べたところで顔を上げたら、なぜか、家のなかのちらかりようが気になりました。いつもどおりのちらかり具合なのに、なぜかなんとなく気になって、ウサギさんは、半分のケーキをまた紙袋《かみぶくろ》にしまって、片づけを始めました。片づけが終わって、軽くそうじをして、さっぱりしたところで、お茶をいれました。そして、あとの半分のケーキをおさらにのせて、あらためて、いただきますをして食べました。

雨はまだ降っていました。窓の向こうにしとしと降る雨をながめながら、お茶を飲んで、ケーキを食べて、ウサギさんはしあわせな気持ちでした。今、ウサギさんにとって、雨の日は、いやな日ではありませんでした。雨の日は、ブタさんが、おいしい栗《くり》のパウンドケーキをくれた日。

このうれしい気持ちを伝えたら、もしかして、ブタさんと、おともだちになれるかな。

おともだちは無理だとしても、とにかく、お礼を言いに行かなきゃ、と思って、ウサギさんは、はっとしました。

「パウンドケーキありがとう。おいしかったです」と言って、それから？

なにを言えばいいんだろう。「それじゃ」と帰ってしまうのは、いくらなんでも変な気がする。うれしい気持ちを伝えるために、説明しなければいけないことが多すぎる。うまく伝える自信がない。説明なんてできない。かわりに、なにか、なにか。

お礼の品物を持っていけばいいのかな。でも、なにを？　ケーキはとてもおいしかったし、なにより贈《おく》ってくれるブタさんの気持ちがとてもうれしかった。でも、パウンドケーキひときれのお返しには、なにを？　ウサギさんは、考え込《こ》んでしまいました。そして、何日かたってしまいました。

病室でアライグマさんが思うこと

よく晴れた日の昼下がり、アライグマさんは、病院のベッドでうとうとしていました。とてもいい気持ちでした。

さっき、近所に住むブタさんが、手づくりの杏仁豆腐《あんにんどうふ》を持って、お見舞《みま》いに来てくれていたのでした。アライグマさんは、ブタさんとはそれほど深いおつきあいはありませんでした。でも、ときどき顔を合わせてあいさつするとき、すこしはにかみながら、にこっと笑う様子に、ひとのよさが感じられて、好感を持っていました。

アライグマさんが散歩していると、よく、ブタさんのおうちのほうから、リスのこども

たちのはしゃいだ声が聞こえてきます。アライグマさんは、むかし、森の学校の校長先生をしていたことがあるひとなものですから、こどもの声が聞こえると、わくわくします。すぐにそこまで行って、ブタさんやリスのこどもたちといっしょに、楽しく話をしたい気持ちになるのですが、いつもがまんをするのでした。

だって、そこにあるのは、ブタさんと、リスのこどもたちの世界なのです。アライグマさんが突然《とつぜん》はいりこんだら、楽しいのはアライグマさんだけで、こどもたちはがっかりしてしまいます。アライグマさんは、いろんなどうぶつの生徒が集まる、森の学校の校長先生をしていたのです。それぐらいは、わかります。

……自由というのは、〝勝手気まま〟や〝好き放題〟という意味ではないのです……

アライグマさん自身の声が、頭のなかによみがえります。

……自由というのは、〝自《みずか》らに由《よ》る〟、という意味なのです……

（ぼくの、あの演説、一世一代《いっせいちだい》の演説を、ブタさんは、おぼえていてくれた）

「うふふふ」

眠《ねむ》りながら、アライグマさんの顔が、いっぱいの笑顔になります。


……自由というのは、〝勝手気まま〟や、〝好き放題〟という意味ではないのです。

自由というのは、〝自《みずか》らに由《よ》る〟という意味なのです。

……自分のなかにある、ルール、自分が今まで頼《たよ》ってきた、価値観。むずかしいことではありません。おかあさんに教えられたことや、自分が今まで守ってきた、だいじなものたち。家族や、友人や、育ってきたところ。それらをだいじにして、それらに由《よ》って生きること。そして、それらのひとたちからだいじに思ってもらっている自分自身を守ることと。それが、〝自由〟ということなのです。

今日は、自由という言葉の、意味のはきちがえによって、この森が荒《あ》れがちになっていることについてお話ししたいと思い、お時間をもらいました。…………

ある日、アライグマさんは、森の集会のときに、とくべつに時間をもらって、皆《みな》の前で演説をしたのでした。

（森のなかの規律が、乱れてきている……。いちにんまえに成長したものに、おとなとしての自覚があったら、当然生まれるはずの、暗黙《あんもく》のルールや、それぞれの果たすべき役割が、〝自由〟とか〝権利〟とかいう言葉の、意味のはきちがえによって、恣意的《しいてき》なものでよいと、あるいは、そういう役割をわりふられたひとだけが仕事としてこなせばよいと、誤解されてしまっている……。

だから、いたたまれなくなって、ぼくは、みんなに、それを伝えようとした。でも……）

……例えば、さあ自由に行動してください、と言われたとき、それは、勝手気ままに、好き放題にふるまっていい、という意味ではないのです。自分のなかのルールにしたがって、なおかつ、ほかのひとたちに迷惑《めいわく》のかからないように、ほかのひとのルールも尊重しながら行動してください、という意味なはずです。

郵 便 は が き

料金受取人払郵便

新宿局承認

5682

差出有効期間
平成29年 6 月
30日まで
(切手不要)

160-8791

843

東京都新宿区新宿1－10－1

(株)文芸社

愛読者カード係 行

ふりがな お名前		明治 大正 昭和 平成 年生 歳	
ふりがな ご住所	□□□-□□□□		性別 男・女
お電話 番 号	(書籍ご注文の際に必要です)	ご職業	
E-mail			
ご購読雑誌(複数可)		ご購読新聞 新聞	

最近読んでおもしろかった本や今後、とりあげてほしいテーマをお教えください。

ご自分の研究成果や経験、お考え等を出版してみたいというお気持ちはありますか。

ある　ない　内容・テーマ(　　　)

現在完成した作品をお持ちですか。

ある　ない　ジャンル・原稿量(　　　)

書　名					
お買上 書　店	都道 府県	市区 郡	書店名		書店
			ご購入日	年　　月　　日	

本書をどこでお知りになりましたか?
1.書店店頭　2.知人にすすめられて　3.インターネット(サイト名　　　　　　　　)
4.DMハガキ　5.広告、記事を見て(新聞、雑誌名　　　　　　　　)

上の質問に関連して、ご購入の決め手となったのは?
1.タイトル　2.著者　3.内容　4.カバーデザイン　5.帯
その他ご自由にお書きください。

(　　　　　　　　　　　　　　　　　　　　　　　　)


本書についてのご意見、ご感想をお聞かせください。
①内容について

②カバー、タイトル、帯について

弊社Webサイトからもご意見、ご感想をお寄せいただけます。


協力ありがとうございました。

お寄せいただいたご意見、ご感想は新聞広告等で匿名にて使わせていただくことがあります。

お客様の個人情報は、小社からの連絡のみに使用します。社外に提供することは一切ありません。

……自分のなかの、ルールや、価値観といったものは、あるいは、信念、と言い換《か》えてもいいかもしれません。

それは、こどものころからの、周りからの影響《えいきょう》、刺激《しげき》によってつくられます。こどもたちの周りのおとなたちは、日ごろの生活のなかで、ありとあらゆることを教えておくのが大切です。それは、自分の子にかぎったことではありません。そして、ただ言葉だけでなく、ふだんの態度、行動でも伝えていかなければなりません。たとえば、ひとりごとや、ちょっとしたしぐさも、ちゃんとこどもたちは見ているし、聞いています。だから、ひじょうにこれはたいへんなことです。でも、それが、おとなの役割であり、こどもたちに対する責任なのです。…………

森の集会に、いつもどおりの連絡事項《れんらくじこう》の伝達だけだと思って集まったひとたちは、突然《とつぜん》はじまったアライグマさんの演説にめんくらいました。集会場である広場はざわつき、皆《みな》、早く帰りたくて、もじもじしました。その雰囲気《ふんいき》は、アライグマさんにもわかっていました。

（でも、いいんだ。とにかくぼくは、言葉にしたんだ。伝わらなかったとしても）

と思うことにしていたアライグマさんは、だから、さっきお見舞《みま》いに来たブタさんが、

「あの、自由の話なんですけど」

と、切りだしてくれたのが、とてもうれしかったのでした。


「あの、校長先生が、だいぶ前に、森の集会で、自由という言葉について、お話をしてくださったことがあるんですけど、おぼえておられるでしょうか」

ブタさんの、あの言葉。はにかみながら、共感と尊敬をせいいっぱい込《こ》めた、あの目。

アライグマさんはまた笑顔になりました。


（ブタさんは真っ赤に頬《ほお》をそめていた。たぶん、あの話を聞いたときの興奮を思い出したんだろう。そうだ、わかってくれるひとはいるんだ）

（伝わらないわけがないじゃないか。そうだ、ぼくは校長先生だってしていたんだし。みんな、それなりの尊敬を持って聞いてくれていたはずだ）

（共感してくれるひとだって、いるはずだ。森のなかの、モラルの低下。お年寄りが前から歩いてきてるのに、気にもかけずに、道をふさいだまま歩いている若者。その道は、落ち葉で埋《う》まってしまっている。みな知らん顔だ。

自分の家の前だけでもきれいにすれば、だいぶ助かるのに。からだのちいさいひとたちや、お年寄りや、こどもたちへの思いやりがまるでない。ヘビに襲《おそ》われたりする危険性だって高まるのに）

（そうして、なにかそういった事故があったら、責任はすべて森の自治会長におしつけられるから、会長だって引き受け手がいない。今の会長のクマだって、僕《ぼく》が先生時代に教えた縁《ゆかり》があったから、僕《ぼく》から頼《たの》みこんで引き受けてもらったのだ）

（学校といえば、そうだ、学校の塀《へい》が壊《こわ》れかけているのを「せんせー、こわれてるよ」と、まるでまだ生徒であるかのように、こどもたちの教育に忙《いそが》しい、年配の先生に言いつけて、平気でそのまま行ってしまう若者たち。

学校にも、先生がたにも、お世話になったのに、そして、あんなに若さとエネルギーに満ちあふれているのに。それなのに、自分たちで集まって、なつかしい学校をなおそうという発想は、ないのか）

（損得勘定《かんじょう》だけで動くか動かないか決めて、自分たちの義務ではないと決めて、教育を受ける権利だけは主張するのか。権利はそれだけのものじゃない。権利があるなら、義務がかならずついてくるのだ。そんなことをいちいち言葉にしなくても、わかっていた時代だってあったのに、どういうことなのだ、今の、これは。これが、教育や、いろいろな先人の苦労の〝結果〟なのか？）

アライグマさんは頬《ほお》が熱くなるのを感じました。こういうことを考えはじめると、とめどがなくなって、いつも、かあっとなってしまうのです。

と、そのときです。

アライグマさんは、自分のなかで、がくん、と、なにかが落ちたような気がしました。
なにか、だいじなつっかい棒のようなものが外れてしまったような……。
そして、アライグマさんの周囲が、真っ暗になりました。

森の集会

ある日、森の集会がありました。ときどきこうした集会が、森のまんなかにある広場でとり行われて、さまざまな連絡《れんらく》事項《じこう》が伝えられるのです。

ウサギさんは、集会のお知らせを受けとって、

（ちょうどよかった。すこし日にちがたってしまったけれど、集会でブタさんに会えるだろうから、ケーキのお礼を言おう。お返しはなにも思いつかなくて、用意できずじまいだったけど、正直にそう言ってあやまろう）

と思いました。集会の始まる時間よりもすこし早めに行って、どきどきしながら、ブタさんの来るのを待っていました。

皆《みな》、気の合うものどうしで集まって、いろいろな話をしています。

「アライグマさんは、入院してるんだってねえ」

「ああ、もと校長先生ね。そうなんだってねえ」

「ちょっと、ほっとするよね。言っちゃなんだけどさあ、集会とかで見ると、ねえ」

「うん」

「ねえ」

「うん。また演説されるかと思うとね」

「わけのわかんない、長い長い、演説ね」

「説教くさい、うっとうしいやつね」

「あれはまいっちゃったよねえ。早く帰りたいのにさ」

アライグマさんというひとは、きらわれてるのかな。ウサギさんは思いました。

急に、ある声が耳に入ってきました。

「ブタさんまたアップルパイを焼いてくれないかなあ」

ウサギさんはどきりとしました。この、ブタさんというのは、自分の思っているブタさんのことだろうか。アップルパイ。パウンドケーキ。そうだ、そうにちがいない。


「おいしいんだよねえー、ブタさんのアップルパイ」

「へえー、そんなにおいしいの？　ブタさんのアップルパイ」

「うん、おいしいよ。あのね、去年の、森の学校の卒業パーティのとき、差し入れしてくれたんだ。そのとき食べたんだ。ね」


そうなんだ。お菓子《かし》づくりが好きで、やさしいひとなんだな。


「ね。おいしかった。また食べたいなあ。

ねえー、ブタさんいますか？　えーと、椎《しい》の木のそばに住んでるブタさん」

その話をしていた若いリスさんが声をはりました。（まだ来てませんよ）と、ずっとブタさんの姿をさがしているウサギさんは、心のなかで言いました。だれかが答えました。

「今日まだ来てないよ」

ブタさんがまだ来てないとわかったとたん、その会話にさまざまな声がまじりはじめました。

「へー、ブタさんのつくるアップルパイっておいしいんだ」

「食べてみたいね」

「うん。食べてみたいね」

「……でもさ、ブタさんていえばさあ」

「うん」

「ねえ」

「うん。あのにおいね」

「ブタさんが、赤くなるとにおうよね」

「赤くなって、あせって、どぎまぎしてるようなときね」

におい?　赤くなって、どぎまぎしたときに、におう?

「汗《あせ》かな、なんだろうね。不潔にしてるわけでもないのにね」

ブタさんについてのうわさ話は続いていますが、そのとき、ウサギさんは、茂《しげ》みのなかを走ってくる物音に気づきました。重たげな足音、せわしい息づかい、これは、もしかして。

「そうなんだよ、あたしゃこないだ初めてそのにおいに遭遇《そうぐう》したよ」

かんだかい、早口の声が降ってきました。木の枝にとまっている鳥のようです。見上げるとカケスさんでした。ウサギさんはカケスさんを知っていました。よくあちこちで、いろんなひとと立ち話をしているのを見かけます。おしゃべり好きなひとのようです。

「しゃべってたら、ブタさん急に赤くなって、においだしたんだよ。なにかと思ったけどねえ、うまく話をきりあげて、そうそうに退散したよ」

茂《しげ》みの足音がとまりました。息をのんだ気配が伝わってきます。

（やっぱり）ウサギさんはいたたまれない気持ちになりました。

「なんだ、ブタさんのにおいの話か」

突然《とつぜん》おおきな声がしました。みんなびっくりして跳《と》びあがりました。ウサギさんも心臓がきゅっとなるほどびっくりしました。オオカミさんです。オオカミさんのことも、引越《ひっこ》してきてすぐくらいから、ウサギさんは知っていました。このひとの声は遠くからでもよく聞こえるのです。ちょっと無神経なところはあるけど、悪いひとではないな、と思っていました。でも、でも今は。

「おれは鼻がきくから」

りんごの木の枝がふるえました。

「あのにおいはたまらん」

広場じゅうに響《ひび》きわたるおおきな声です。くすくす笑う声がそこここで聞こえました。

茂《しげ》みのなかで立ちすくんでいる気配がありありと感じられて、ウサギさんは、おもわず立ち上がりました。なにか言って話をそらさなければ。でも、そのとき、森の会長のクマさんの、

「それでは集会をはじめまあす」

という声がして、みんな静かになりました。茂《しげ》みのなかの足音は、そっと遠ざかっていきました。

（ああ）ウサギさんは、目を閉じました。

「食料集めや配給は冬眠《とうみん》をするひとたちを優先に。とくに今年が初めての冬眠《とうみん》のひとたちには、こまかいルールや不文律は、気づいたひとがそのつど教えてあげるように」

においと？　どぎまぎしたときに、におうなんて。そんなことがあるのかな。汗《あせ》のにおい？

「もうすぐ森の学校の卒業パーティがありますが、はめをはずしすぎないように」

でも、たぶんみんななんとなく気づいていたことを、ほかにもそう思っていたひとがいたことでおおげさに同調してしまったんだ。そのことはみんなもそれぞれわかってたはずだ。

「そろそろ猟《りょう》が解禁になります。にんげんが森に入ってきます。銃《じゅう》で撃《う》たれたら死んでしまいます。死なずにすんでも、死ぬほど痛い思いをします。皆《みな》さんくれぐれも気をつけてください」

カケスさんは会話のなかで自分が優位に立っていなければ承知しないひとだし、オオカミさんは、つまんない集会を盛り上げて一体感をもたせるために、わざとおおげさに言ってみんなを笑わせた。

この森に来てまもない自分でさえ、よくわかる。あの場ではみんなそんなことわかりきっていた。みんなが笑っていたのは、けっしてブタさんをばかにする気持ちからではなかった。オオカミさんの場違いなだみ声と、みんなが共有できる話題、そんなことに安心して笑っていたんだ。

でも、それを本人が聞いたら。

ブタさんの気持ちを考えると、ウサギさんはいたたまれない気持ちになりました。

キツネさんとイタチさん

　キツネさんは、うちひしがれたような気持ちで家路についていました。集会からの帰り道です。

　集会の始まるすこし前でした。なにごとか世間話をしていた後ろが一瞬《いっしゅん》、しんとして、それから、まるで静電気でも起きているように、キツネさんの背中の毛がざわついて、そちらに吸い寄せられる感じがします。キツネさんは、

（来た）

と思いました。イタチさんです。

イタチさんが来ると、いつもこうなのです。そちらを見ないでもわかります。すうっと光がさしたような気がして、それから、なんとなく周りのひとが浮き足立《うあし》つような、話もしていないのにざわめくような感じになります。イタチさんのことが気になるのは、キツネさんばかりではないのです。

イタチさんはきれいなひとなのです。「イタチさん」と呼ばれてはいますが、イタチにしてはからだがおおきくて、すらりとして、そして輝《かがや》くような毛並みをしています。光を放っているようなのです。キツネさんだって、毛並みの手入れには気をつかっているほうなのですが、いっしょうけんめいお手入れして、やっと手に入れたすばらしいつやが、イタチさんのそれの前では色あせて見えてしまって、いつもがっかりするのです。それほど、とくべつな毛色とつやなのでした。

ざわざわと、話し声がもどってきて、イタチさんが来る前とおなじようになってきて、キツネさんはほっとしかけました。が、話し声のなかに、

「きれい」

という言葉が聞こえて、キツネさんは、いきなりヒゲをひっぱられたような、いらっとした気持ちになりました。もしかしたらイタチさんのことではなかったかもしれません。が、キツネさんはいらいらしてしまいます。そして、もしかして、と思ってしまうのです。（もしかして、イタチさんがいなければ、私がいちばんきれいなのに）

話し好きで情報通で、助かるけれどもいつもひとこと多いカケスさん、そして、森の用心棒のひとり、頼《たよ》れるけれども、ときどきうざったいオオカミさんの、おおきな声が聞こえて、それからさざ波のようにくすくす笑う声が聞こえました。キツネさんは、話の内容にはまったく興味はなかったけれども、そっとそちらを見ました。その方向にイタチさんがいたからです。

くやしいけれども、やっぱりイタチさんはきれいなのでした。キツネさんは、無意識に、自分の記憶《きおく》のなかのイタチさんを、すこうしきれいじゃなく修正しています。それが、じっさいにこうして目《ま》の当たりにしてしまうと、そのたびにはっとして、ショックをうけて、うちひしがれてしまうのでした。

イタチさんはすっと背筋をのばして立っています。立ち姿からして、ほかのひととはちがいます。おおぜいのなかにいて埋《う》もれてしまっていても、なぜでしょう、吸い寄せられるように皆《みな》の視線が集まるのでした。キツネさんと目は合いませんでした。が、こちらを見ないまま、鼻の横を一瞬《いっしゅん》、ほんのすこし引き上げました。

キツネさんは、あわてて視線を前に戻《もど》しました。かあっと顔に血がのぼりました。キツネさんのことを笑ったわけではないかもしれません。いいえ、それはやっぱり考えすぎでしょう。でも、何度そう自分に言い聞かせても、

（くやしい）

と、キツネさんは思うのです。ちりちりと胸を焦《こ》がすようなそのくやしさは、いつまでも消えないのでした。そうして、なんだかとても気持ちが落ち込《こ》んでしまうのです。いつも、イタチさんに接すると、なんというか、まるで、自分の価値がなくなってしまうような、世のなかに自分なんてぜんぜん必要でないような、なぜかそんな感じが、あたたかい血のなかに冷たい水が流れ込《こ》むように、心のなかに入り込《こ》んできて、暗い気持ちになるのでした。

べつに、意地悪をされたり、なにか気に障《さわ》ることを言われたりするわけではないのです。なのにどうして、こんなに気にかかるのでしょう。

この森でいちばんきれいとか、そんなことにたいして意味はないことは、キツネさんもわかっているのです。ちがう森に行けばもっときれいなひとがきっといる。いちばんきれいなひとだってじきに年をとって、若いひとにとって代わられる。わかっているのに、わかっているからこそ、そんなことにとらわれてしまう自分もいやになってしまうのでした。

もっと遠くに、たとえば、となりの森とかにすんでいてくれたら、たぶん、こんな気持ちにはならないのに。もしかしたら、すなおに、憧《あこが》れたりできたかもしれない……。そんなふうに思いながら、キツネさんはうつむいて歩いていきました。

りんごの気持ち

集会があった日から、しばらくブタさんの姿を見たひとはいませんでした。ウサギさんも気をつけてはいましたが、姿も見かけませんでしたし、鼻歌が聞こえてくることもありませんでした。

何日か続けて雨が降って、そのあと、ぐっと冷えるようになりました。

森はすこしずつあわただしい空気に包まれはじめました。冬眠《とうみん》の準備をするどうぶつたちがいるのです。

ウサギさんは冬眠《とうみん》しませんので、比較的《ひかくてき》気楽ですが、それでも冬を迎《むか》えるにあたって、いろいろと準備が必要です。初めてのひとりの冬なので、勝手がわかりませんでしたけど、それでも、必要と思われる食料やたきぎなどを集めながら、それとなくブタさんの家の前を行き来して、様子をみていました。外においてあるかまどで、しょっちゅうお菓子《かし》やお料理をつくっているブタさんなのに、いちども姿を見かけません。ウサギさんのなかで、心配がつのりました。

(会長のクマさんに言ってみようか。ブタさんの姿を見かけないんですけどって)

(でも、おうちに入っていって、姿を確認したらそれでよし、ってことでもないし)

そんなある日、ブタさんの家の前をとおって、あれっと思いました。

りんごがたくさん玄関《げんかん》の前においてあるのです。袋《ふくろ》に入っていたり、手押《てお》し車のなかに入れてあったり。カードや手紙のようなものも、ところどころ見えかくれしています。気にはなりましたが、入っていって手にとってみたりするのもはばかられて、ウサギさんは、そのまま通りすぎました。

その二日ほどあとに、ウサギさんの郵便受けに、お知らせが入っていました。

「りんごを配ります。欲しい方は広場までおいでください」

そういえば集会をひらく広場にりんごの木があって、たくさん実がなっていた。ウサギさんは思い出しました。あれのことかな。ただでくれるのかな、行ってみようかな、と、そのお知らせの紙を見ながら歩いていますと、ばったりオオカミさんに出会いました。

「おっ。おめえ最近ひっこしてきたウサギだな」

いつもどおりのおおきな声です。わかっていてもウサギさんはびっくりしました。そして、おおきな口のなかにならんだ鋭《するど》い牙《きば》を見て、なにかひやりとしました。おなじ森にすむ仲間ですから、襲《おそ》ってはきませんが、それでも、もともとは喰《く》うものと喰《く》われるものの間柄《あいだがら》です。オオカミさんのおおきな口と、そのなかにならんだ鋭《するど》い牙《きば》を見て、ひやりとするのはしかたがありません。

「おうウサギさんよう、おめえこのあたりに住んでんだよな。最近ブタさん見たか？」

「いっ、いいえ」

「そうか」

見ると、オオカミさんは両手にりんごをかかえています。なんだかほほえましくて、ふしぎで、ウサギさんはついにっこりしてしまいました。

「おう、これか」

オオカミさんはちょっと照れながら、

「ブタさんに持ってきたんだけどよ、あいかわらずいねえみたいだから、おいて帰るんだけどよ」

「あっ」

ウサギさんは気がつきました。手にしたお知らせの紙を見ました。そういえば、りんごをもらえるのは今日からのはずです。その前からブタさんちの前においてあるりんごは？

「そうなんだよ。広場のりんごはさ、森のもんだからさ、冬眠《とうみん》するやつに優先で配られるんだよ。

冬眠《とうみん》するやつのだれかが、最近ブタさんを見かけないからって心配して、見舞《みま》いのつもりでおいてったんだろうけど、病気なのかどんな事情なのかブタさんシカトだからさ、ちょっとなあ。

冬眠《とうみん》のやつも、自分の分わけてやったわけだし、忙《いそが》しいところわざわざ寄ってやったわけだし、ちょっとなあ」

ウサギさんは、言葉につまりました。ウサギさんにはわかっていました。ブタさんは、病気でも旅行でもありません。集会のときのあの言葉がショックで、ひきこもっているのです。「だってそれは、あなたたちが」と言おうとして、でも、オオカミさんの腕《うで》のなかのりんごを見たら、なにも言えませんでした。

ブタさんに対して悪意などないのです。集会のときのあの言葉にも、みんなにも。なにも言わないほうがいい。

でも、このままでは。

ウサギさんはなにも言えなくてもじもじしました。オオカミさんは、

「まあいいや。俺《おれ》これおいて帰るわ。ブタさんに会ったら、よろしく言っといてくれよ」

と言って、ずんずん行ってしまいました。

そうか。そういうことだったのか。ブタさんちの前のりんご。集会でのうわさ話。

べつにどこにも悪意はないのに。みんなブタさんのことが好きで、姿が見えないのを心配して、りんごを持ってきているのに。ブタさんはきっと、においのせいできらわれていると思い込《こ》んで、ひきこもってしまっている。

どうしよう。ひきこもったまま、りんごを持ってきてくれたひとに、お礼のひとつも言わずにいたら、「ブタさんどうしたんだろう」が、「なんだよブタさんは」になってしまう。とにかくブタさんに、りんごに気づかせないと。

このまま放っておいたら、悪意になってしまう。

ウサギさんは考えながら歩いて、ブタさんの家の前まできました。前よりもりんごがふえています。オオカミさんの持ってきたのもあるようです。

ノックをしてみましたが、ブタさんは出てきません。そりゃそうです。りんごを持ってきたひとたちだって、みんなノックをしたはずです。ブタさんは、恥《は》ずかしい気持ちでいっぱいになってしまっていて、だれにも会いたくないのです。ウサギさんはそれをわかっているわけですけど、でもやっぱり、「出てきてくれたらいいのに」と思います。りんごを持ってきたひとたちだって、留守だと思いながらも、「なあんだ」と思ったはずです。喜ぶ顔が見たくて、わざわざ持ってきたのに、って。

ドアの前で立ちつくして、ウサギさんはそれでももういちどノックをしてみようと思いましたが、そのとき、小道を歩いてくる足音が聞こえました。そのとたん、

（よけいなお世話）

という言葉が浮《う》かんで、ウサギさんの手はとまってしまいました。

そうだ、ぼくは、引越《ひっこ》してきたばかりで、この森のルールも常識も知らない。今までのブタさんのひとづきあいや、そのひとたちとのいきさつも知らない。そんなぼくが、よけいなことを言わなくても。

と、ウサギさんは思ってしまいました。そして、小道を来るひとに見られないうちにと、いそいでそこを離《はな》れて、うちに帰りました。

不吉な雲

「ひとつには、この森が豊かすぎる、というのもあるかもしれません。豊かさの弊害《へいがい》、といいましょうか、ひとが、ひとを思いやる心を忘れてしまった。助け合う、声をかけ合う、という気持ちを忘れてしまった。〝よけいなお世《せ》話力《わりょく》〟といってもいいかもしれませんが。ハハハハ」

うまい言いかただと思ったんだけどな、だれも笑わなかったな。

アライグマさんは、病院でうとうとしていました。このあいだ、がくん、と、からだのなかで、なにか落としたような、だいじなつっかい棒が外れてしまったような感じがして

から、眠《ねむ》ってばかりいるようになってしまいました。もうときどきしか目がさめません。

目がさめる、といっても、今うとうとしているような状態、なんとなく意識が戻《もど》って、なんとなく、まくらもとにだれかいたり（たぶん奥《おく》さんです）、話をしていたりするのがわかるくらいのことです。

奥《おく》さんはときどきまくらもとにつっぷして泣いているようです。なにか自分に話しかけているらしい、とわかっても、返事をしたり、手や顔を動かしたりすることができません。

そしてまた、いつものとおり、ふうっと気が遠くなって、眠《ねむ》りにつきました。

そして、気がつくと、アライグマさんは、そこにいました。

（またここに来てる）

と思いました。

アライグマさんは、地面ではなく、ふわふわの綿のようなものの上に立っています。ひろいひろいところです。ちょうど、空に薄《うす》くひろがった雲の、その上に立っているような具合です。でも、立っている、というほどには、自分のからだが、しっかりしたものに足をつけている実感がありません。からだが軽くて、痛みや苦しみ、それからあたたかみやにおいなども、感じられません。ふわふわと浮《う》いているような感じです。だれもいなくて、見わたす限り、雲ばかりです。ただ、頭の上には、なにか、黒い、重苦しいものが、低い天井《てんじょう》のように、たまっています。

たまる、といえば、くぼんだところになにかが集まっている、というイメージしか、これまではありませんでしたが、今、頭の上にあるものの状態をあらわす言葉は、それしか思いつきません。浮かんでいる、というよりも、なんとなく重たいのです。下のほうから、のぼってきたり飛んできたりしたものが、そこに集まっている、あるいはとどまっている、というように感じられます。そう、水蒸気が集まって、雨雲をつくっているような感じでしょうか。ただ、もちろんアライグマさんは雨雲をこのように近くで見たことがありませんので、はっきりとは言えませんが。でも、雨雲よりもっと重くて、恐《おそ》ろしくて、不吉《ふきつ》な感じがします。

気配がして、はっと振《ふ》り向いたアライグマさんの顔をかすめて、なにかがいきおいよく上がっていきました。顔をかすめた瞬間《しゅんかん》、

〝死ね、くそばばあ〟

という声が聞こえました。その〝なにか〟は、そのいきおいのまま、その黒雲のようなもののなかに突《つ》っ込《こ》んでいきました。

だしぬけに、むきだしの激しい憎《にく》しみの感情にふれて、アライグマさんはぼうっとしてしまいました。聞きおぼえがあるような、まったく知らない声のような。でも、なんでしょう今のは。色もかたちも、目には見えませんでした。ひょっとして、たましい、と呼ばれているものでしょうか。アライグマさんは、もうすでに死んでいて、ここは死後の世界なんでしょうか。

その〝なにか〟が、いきおいよく突《つ》き込《こ》むようにして入ったのが、なにかのきっかけになったのか、黒雲のようなものが、なんだか、ざわめきだしたように思えてきました。

注意して聞いてみると、ちいさなつぶやき、しぼりだすようなうめき声、うなり声、叫《さけ》び声、そして、ひとを憎《にく》み、妬《ねた》み、怨《うら》む、呪《のろ》いのことば、そういったものが集まっているのがわかりました。

ぜんぶいっしょになってしまって、言っている内容はわかりません。でも、わからなくても、それらの声に込《こ》められた、黒々とした、陰湿《いんしつ》で内向きな感情が伝わってきました。黒々とした気持ちそのままに、黒々とした雨雲状になって、エネルギーをためこんで。

(こんなに厚く、おおきく、ざわめいて、渦《うず》を巻いて)

アライグマさんは恐《おそ》ろしくて、震《ふる》えだしました。

思いだした。ここは、怖《こわ》い場所だった。アライグマさんは頭をかかえてうずくまりました。頭のすぐ上に、おおきなおおきな、恐《おそ》ろしいものが浮《う》かんでいるのです。すこしでも離《はな》れたくて、アライグマさんはちいさくちいさくうずくまりました。どうして忘れていたんだろう。来るたびにいつもいつも怖《こわ》い思いをして、二度と来たくないと思うのに、どうしてまた来てしまうのか。なにが、自分をここに連れてくるのか。黒々とした渦《うず》が、せまってくる。入り込《こ》んでくる。取り込《こ》まれてしまう。アライグマさんは恐《おそ》ろしくて恐《おそ》ろしくて、叫《さけ》びたいのですが、声が出ません。そうして目がさめました。

＊　＊　＊

どうしてあたしはいらいらしているんだろう？

どうしてそんなにいつもいらいらしているの？　こんなにかわいい子どもたちにめぐまれて。ウサギさんのおかあさんのなかで声がします。

もっと子どもをかわいがりなさい。おかあさんになったんだから、おかあさんらしくして。しっかりしなさい。子どものことだけ考えて、子どものためにいっしょうけんめい。子どもを見るたびにそんな声が頭のなかでします。

どうして？　と、ウサギさんのおかあさんは訊《き》き返します。どうしてそうしなければいけないの？　どうして子どもを産んだら、おかあさんにならなきゃいけないの？　いっしょうけんめいにならなきゃだめなの？

なにを言っているのか。おまえがおかあさんでないなら、誰《だれ》がこの子たちのおかあさんなのだ。じゃあ、誰《だれ》が世話をするのだ。今さらなにを言いだすのか。

頭のなかの声は突然《とつぜん》、おおきく、ふとく、恐《おそ》ろしく響《ひび》きます。

ちがう。訊《き》きたいのはそんなことじゃない。聞きたいのはそんな言葉じゃない。

甘《あま》えるな。責任感を持て。母親になる覚悟《かくご》がないなら、なぜ産んだ。

ごめんなさい。ごめんなさい。

（覚悟《かくご》なんてできるの？　どういうことかもわからないままに？　みんな覚悟《かくご》してから産んでるの？）

育てられないなら、産まなきゃいいのにね。

ね。

くすくす。

これからの時代は、女性も、家事や育児にとらわれずに、自由にはばたくべきです。その権利はあるはずです。

自由にはばたく。自由に。

（責任感と覚悟《かくご》より、自由と権利のほうが、よさそう）

こちらを見ているひとがいると（だめな母親だなあ）と思われているような気がします。「お子さんかわいいですねえ」と言われたらそのつぎに「しっかりしなさいよ」と言われそうで、怖《こわ》くてそのひとの顔が見られません。仲良く話したり笑い合ったりしている親子連れを見ると、どうして自分はそうできないのか、と、気持ちが落ち込《こ》んでしまいます。

だめな母親だなあ。

だめな母親。だめな母親。

（こんなことを言われる原因を、もう、取り除《のぞ》いてしまおう。いっそ、なかったことに）

子どもがすりよってくると、どうしていいかわかりません。

自分はだめな母親だから。どうせきちんとした完璧《かんぺき》なお世話なんてできないんだから。

だったら、抱《だ》きあげたり、なでたりかわいがったり、そんなこと、無責任に、中途半端《ちゅうとはんぱ》に、できない。

子どもたちがおかあさんを見上げます。いくつもの、つぶらなひとみが、いっせいに。

子どもたちがかわいければかわいいほど、申し訳なくて、ウサギさんのおかあさんは、毎日がつらくて、どうしたらいいのかわからなくて、なんだかもうなにもかもめんどくさいような気持ちになってしまって、

（みんな死んでしまえばいいのに）

（みんな死んでしまえばいいのに）

（みんな死んでしまえばいいのに）

と、頭のなかで念じ続けていました。念は、上に昇《のぼ》っていきました。水蒸気が上昇《じょうしょう》して、雲になるように。

げんきをだして

ウサギさんは、ブタさんちの前に、ふるえながら立っていました。ブタさんが森の集会で、みんなが自分について「においがするときがある」と言い合うのを聞いて、ショックを受けてひきこもってしまってから、ちょうど一週間めでした。

ブタさんのおうちの前には、りんごが山のようにおかれています。ブタさんの姿が見えないので、具合でも悪いのかと、みんながお見舞《みま》いに持ってきたけれど、ノックをしても出てこないので、玄関《げんかん》前においていっているのです。

オオカミさんが二日前においていったのがそのままあります。いつもブタさんにお菓子《かし》をごちそうになっているリスのこどもたちが持ってきたらしいのも、カードといっしょに

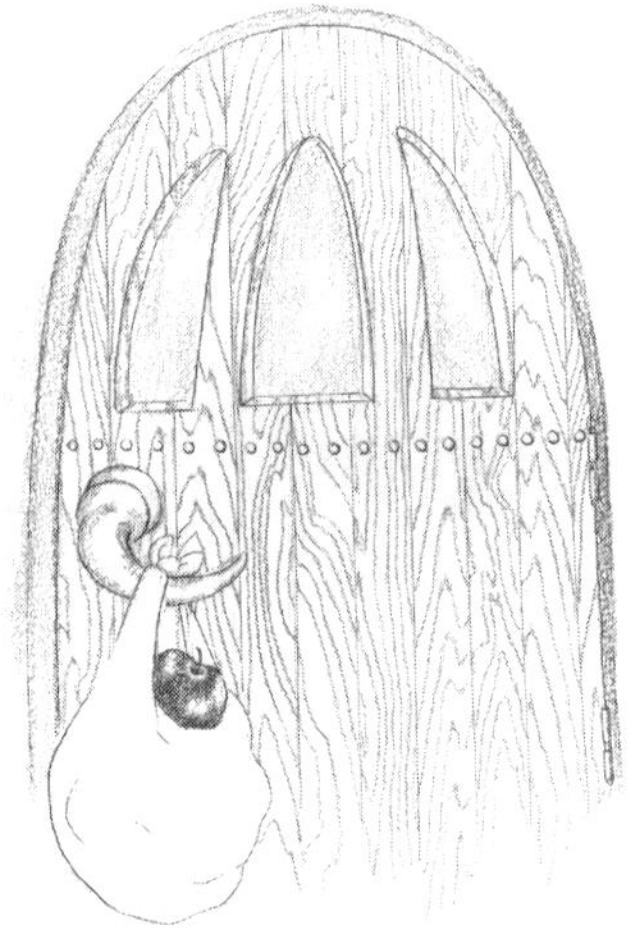

おいてあります。オオカミさんは、りんごなんて似合わないものをかかえて、ちょっと照れていたようでした。ちいさいリスのこどもたちが、りんごなんておおきなものを持ってくるのはたいへんだったでしょう。りんごのかぐわしい香《かお》りとともに、それぞれの思いがせまってくるようで、ウサギさんはいたたまれない思いでいます。

(限界じゃないのかな)

と思います。さっきは、リスさんのおかあさんがノックして、返事がないので帰っていきました。きっとこどもたちが心配しているのを見て、気になったのでしょう。

事情がどうであれ、これだけの思いやりを受けているのに、知らん顔をしてしまっているのは、よくないように思えます。

(ブタさんの気持ちも、わかるけど)

ブタさんににおいがあると言い合っていたのと、ブタさんの姿が見えないので心配するのと、りんご好きなブタさんのためにりんごを持ってくるのと、おなじひとたちだとしても、おかしいことではないはずです。

二日前は、（よけいなお世話かな）と思って、ドアの前から引き返してしまったけれど、今は、だいじなことを伝えられるのは、自分しかいないんじゃないかな、と思いはじめたウサギさんです。だって、ブタさんは、知らないのです。思いやりを受けていることを。そして、森のみんなは、自分たちのうわさ話にブタさんがショックを受けて、ひきこもってしまっていることを、知らないのです。両方とも知っているのは、ウサギさんだけなのです。

（だけど）

いったい、どう伝えればいいのでしょう。ウサギさんは、ブタさんとは、これが初対面なのです。ウサギさん自身は、ブタさんから思いがけずパウンドケーキをもらってから、ずっとブタさんのことを思っていますが、ブタさんは、そんなこと忘れているかもしれません。そんなウサギさんからいきなり、集会のみんなの話がどうとか、りんごを持ってきたひとたちがどうとかと言われても、わけがわからないのではないでしょうか。ウサギさんはまた立ちすくんでしまいました。

ブタさんちのドアの木目を見ながら立ちつくして、どのくらいの時間がたったのか、いきなり、

ばさばさばさ

と、ブタさんちのそばの椎《しい》の木から、だれか知らないけれど鳥さんが飛びたちました。ウサギさんはびっくりして、なぜかおもわずドアをノックしてしまいました。

とんとん!!

思いがけずおおきな音が響《ひび》きました。ウサギさん自身もびっくりしました。そして、ドアの内側で、

かしゃーん!

と、なにか落とした音が聞こえました。それを聞いたとたん、ウサギさんのなかでも、

かしゃーん！

と、コップを落としたときの音が響《ひび》きました。ちいさいウサギさんが、お水の入ったコップを落としてしまったときの、あの音、そして、

「なにをやってるの！」

という、するどい声。それが頭のなかで響《ひび》いたとき、ウサギさんは、顔がかあっとして、胸がどきどきして、ひざががくがくして、わけがわからなくなってしまって、ほんとうに自分でもなぜかわからないまま、目の前のブタさんちのドアを、つづけざまにノックしてしまいました。

とんとんとんとんとんとん！

どうしよう。ノックをしてしまってから、いっぱいいっぱいになった頭のなかでウサギさんは思いました。どうしてこんなにノックしてしまったんだろう。こんなにわけがわからなくなってしまってどうしよう。ドアが開《あ》いて、ブタさんと顔を合わせて、なんと言えばいいんだろう。まだなにも思いついていないのに。なにから話せばいいかもわからない

ままなのに。

逃《に》げてしまおうか。一瞬《いっしゅん》、ウサギさんはそう思いました。逃《に》げて、ドアが開《あ》いて、だれもいなければ、もとのとおり。それで。

(だめだ)

ウサギさんは思いました。

(落ち着かなきゃ、なんとしても。ドアが開《あ》くまでに)

自分しかいない。ブタさんに伝えるべきことがあって、それを言えるのは自分しかいない。言うのは今でなきゃいけない。それなら、落ち着かなきゃ。

すう。

ウサギさんは息を吸いました。

はあ。

息を吐《は》きました。自分でもなぜそうしたかわからないけれど、なんだかとにかく、すこし、気持ちが落ち着いたようです。

ドアが開きました。

「まあ。ウサギさん」

ブタさんがそこに立っています。遠くから見かけたことはあるけど、顔を見合わせるのは、これが初めてのブタさんです。

ウサギさんは、まだ考えがまとまらないまま、だまって立っていました。立っているのがせいいっぱいでした。

「ウサギさん、どうぞ入って、すわってください。いま、お茶をいれますから」

と、ブタさんが言ってくれたので、とりあえず、おうちのなかへ入らせてもらいました。ぎくしゃくと、ぎこちなく足を動かして。そうしながらもじつは、ウサギさんの頭のなかは、

(落ち着かなきゃ)

と、

(なんて言うか決めなきゃ)

でいっぱいでした。

やかんが湯気をふきはじめた音がして、ブタさんがそちらに行きました。たぶんひとり分のお茶をいれようと、お湯をわかしていたのでしょう。それで、いっぱいになっていた頭のなかで、ひとつ、思いだせました。ブタさんのくれたパウンドケーキを、ウサギさんも、今のブタさんみたいに、ひとり分だけお湯をわかして、お茶をいれて、ゆっくり食べたのでした。そうだった。パウンドケーキ。

「こないだはごちそうさまでした」

と、ウサギさんはいっきに言いました。

あのときのパウンドケーキが頭のなかによみがえります。

「え？」

とブタさんが訊《き》き返しました。

「栗《くり》のパウンドケーキ」

そうだ、栗《くり》のパウンドケーキだった。食べたら、栗《くり》の香《かお》りが、ふわあーって、口のなかから鼻に抜《ぬ》けて。

「おいしかったです」

おいしかったよ、ほんとに。

ブタさんはなんだかあわてて、

「いいえ、いいえ」

と言ったあと、ちょっと目を泳がせて、それからうつむいて、

「ありがとう。でも、ごめんなさいね、今日はなにもつくってないの」

と、言いました。

「知っています」

と、ウサギさん。

「え?」

と、ブタさん。

「鼻歌が聞こえませんでしたから」

と返事をしながら、ウサギさんは、驚《おどろ》いていました。

(会話してる。ぼく。ブタさんと)

そうです。りっぱな、ちゃんとした会話じゃないですか。

ウサギさんはすこしずつ落ち着いてきました。目の前でブタさんが、

「鼻歌?　鼻歌が聞こえるんですか?」

と驚《おどろ》いています。だって、ぼくは、ウサギだからね。耳は、わりといいんですよ。なんて、ウサギさんはちょっと思ったりしました。

「はい。風向きで」

ウサギさんは、気持ちが落ち着いてきて、うつむいたままではありましたけど、すこしずつブタさんの様子も見えるようになってきました。いつもの、フリルの白いエプロンは

つけていません。ちょっと、おどおどしていて、なんだか目が泳ぎがちです。やつれたようにも見えて、ウサギさんはおもわず、
「げんきをだしてください」
と言いました。なにも考えないまま、その言葉は、つるりと口から出てきました。

ブタさんは、すこし驚《おどろ》いたようでした。ウサギさんの顔を見なおすように、のぞきこみました。ウサギさんは、ちょうどまたうつむいてしまって、それに気がつきませんでした。(そうだ)と思いました。そうだ、ブタさんは元気をなくして、ひきこもってる最中だったんだ。そうです、自分のことだけでいっぱいいっぱいだったウサギさんのなかに、ブタさんの気持ちを思いやる余裕《よゆう》がうまれてきたのでした。

(あまりおじゃまをしてちゃいけない)

と、突然《とつぜん》ウサギさんは思いました。だから、くるりときびすを返しました。気持ちが落ち込《こ》んでしまっているブタさんのおうちに、長くおじゃまをしてるのはよくないから、帰ろう。そう思って、戸口まで行ったのですが、じゃあ自分はなにをしにブタさんちに来たんだっけ？　と思ってまた立ちどまりました。

あれ？　なにをしに、ぼくは、ここへ？　集会で、オオカミさんが、みんなが、そうだ、ブタさんのことを、赤くなると、におうって。そうだ、それでブタさんが、ひきこもってしまって。そうだ、まだなにも言えていない。言えていないじゃないか。ブタさんがふしぎそうに見つめているのに気がつきました。ウサギさんは、また、かあっとしてしまいました。

ええと、どぎまぎして赤くなってしまうと、って、えっ、それはぼくのことか？　今の？　ええと、そうじゃなくて、ぼくじゃなくてブタさんが、どぎまぎして、赤くなってしまうと、におうとしたら、困るから、ええと。

「すう」

ウサギさんは息を吸いました。

「はあ」

ウサギさんは息を吐《は》きました。そしたら、

「どど」

と声が出ました。

「え？」

ブタさんが訊《き》き返します。じっと、ウサギさんを見つめています。

「どど、どぎまぎ、しそうになったら」

もうウサギさんはどぎまぎしてぐるぐるしてかっかして、たいへんです。わけがわかりません。そういうときは、そういうときは、

「深呼吸するといいです！」


そう言って、わあっと叫《さけ》んだような気がしました。でも、じっさいには、叫《さけ》ばずに、走りだしていました。うしろでブタさんがなにか言ったような気がしましたが、振《ふ》り向くことなどできません。血がたぎるままに、心臓がおどるままに、息をつめて、目をつぶって、いっきに走れるだけ走りました。

頬《ほお》で風を切って走りに走りました。草もかきわけたような気がしました。だれかの驚《おどろ》いた声を聞いたような気もしました。

どこをどう走ってきたのかまったくおぼえていないけれど、ウサギさんは自分の家についていて、ドアをばたんとしめて、はあはあと息をつきました。見慣れた家のなかの光景が、水のなかのようにゆらゆらして見えました。

ついにぼくは、ブタさんちへ。

しばらくドアにもたれて息をととのえました。それから、よろよろと台所へ行って、コップにお水をいれました。

ブタさんと、森のひとたちとの誤解を解《と》くために、ついに。

いっきにコップのお水をあおりました。つめたいお水がのどをとおって降りていって、おなかに落ち着くのを感じたら、気持ちもすこしだけ落ち着いたようです。

……なにを言ったんだっけ。ブタさんちで。

…………。

まず、栗《くり》のパウンドケーキの、お礼は、言った。たしか、言ったはず。

それから？

たしか、なんだか、鼻歌が聞こえるとか聞こえないとか言ったあと、「げんきをだしてください」って、言ったような。

それから。

…………。

思いだすほどに、ウサギさんは落ち込《こ》んでしまいました。

栗《くり》のパウンドケーキが、〝おいしかったです〟なんて。ほんとは、〝おいしかった〟だけじゃない、もっといろいろな思いを伝えたかったんだ。雨の日におかあさんがいなくなってしまったという、いやな思い出を、いっときでも消してくれるほどに、うれしかった、その気持ちを。

森の、ほかのひとたちとのあいだの誤解なんて、なにも解《と》けていない。ブタさんのにおいがどうとか、そんなことが問題じゃないのに。ただみんなで、共通の話題にのっかっていただけなのに。

森のみんなが持ってきてくれたりんごのことも伝えられなかった。オオカミさんの気持ちも。みんなブタさんのことを心配してるって。ブタさんが落ち込《こ》むようなことは、なにもないって。

…………。

ウサギさんは、からだじゅうの力が抜《ぬ》けてしまって、立っていられなくなって、ベッドに倒《たお》れこみました。

（なにもできなかった）

（どぎまぎしそうになったら、深呼吸するといいです、なんて、いきなり言ったりして。なにをやっているんだ、ぼくは）

顔が熱くなって、からだじゅうから汗《あせ》がふきでてきました。

（なんで、こうなんだろう。ぼくは）

ウサギさんは目をぎゅっとつむりました。

……………。

落ち込《こ》んで落ち込《こ》んで、もう自分がいやになって、なにもかもいやになって、ベッドにもぐりこんで、しーんとしているうちに、そのまま眠《ねむ》ってしまっていたようです。

静かな時間が過ぎました。ウサギさんのおうちの窓の影《かげ》が、すこし移動して、すこし、長くのびました。

とんとん。ノックの音がしました。

ウサギさんは目をさましました。（眠《ねむ》ってたのか）と、あわてて立っていってドアを開けました。そしたら、そこには。

「ブタさん」

傾《かたむ》きかけた陽のなかに、ブタさんが立っていました。ウサギさんは、びっくりしてしまって、あとはなにも言えません。

「こんにちは。さっきはどうもありがとう」

ブタさんは、そう言ってにこにこと立っています。手になにか、包みを持っています。

「あの、ブタさん、さっきは、ぼく、あの、」

「はい？」

「あの、パウンドケーキのこととか、もっと。ううん、それより、あの、オオカミさんたちは、どぎまぎして赤くなったら、においが、とか、そんなんじゃなくて、あの、そんなのは、ただの話題だっただけで、その、」

ぜんぜんだめだ。そう思ってだんだんうつむいてしまいます。もっと、落ち着いて、順序だてて話さなきゃ。そう思っても、どうにも頭のなかがまとまりません。

「ウサギさん」

ブタさんがそっと呼びかけました。ウサギさんは、ブタさんの顔を見ました。

「アップルパイを焼いたんです。よかったら、どうぞ」

「アップルパイ」

「はい。みなさんのお見舞《みま》いの、りんごで、焼いたんです」

「あ。りんご」

「はい」

ウサギさんは、包みを受けとりました。それはまだあたたかいのでした。

りんご。お見舞《みま》いの、りんご。みなさんのお見舞《みま》いの、りんごで、焼いたんです。

ウサギさんは、ブタさんの顔を見ました。

「ウサギさん」

ブタさんが呼びかけました。

「はい」

ウサギさんは、なんだかうまく声が出ません。

「いろいろ、ありがとうございました」

「……はい。あ、いいえ。そんな。こちらこそ」

ウサギさんは、あせりました。こんな、これだけの言葉で、いいのかな。もっと。

ブタさんは、にっこり笑いました。


その顔を見たら、ウサギさんは、ただもうほっとしてしまいました。ああ全部だいじょうぶだ、なにもかも、と、なんとなくですけど、そう思って、言いたいことも、言わなきゃと思っていたことも、なにもかも消えてしまいました。

　ブタさんと、顔を見合わせて、どんな顔をしたのかウサギさん自身はわからなかったけれど、たぶん、にっこり、か、それに近い顔をしたのでしょう。だってブタさんは、もういちどにっこりしてくれたんです。そして言いました。

「もう戻《もど》らないと。まだ焼いてるんです。焼けた順に、配っていこうと思って。ウサギさんがさいしょ。まだたくさん配らなきゃいけないから、今日はこれで、失礼しますね」

「あっ。そうなんですか。えっ？　配るって？　みんなに？」

「はい。みんなに心配かけたので。どなたにいただいたのかわからないのもあるんですけど。できるかぎり」

「ああそうなんですか」

「はい。では」

「あ、き、気をつけて」

「ありがとうございます」

ブタさんは歩いていきました。いつもの、白いフリルのエプロンをしていました。よくわからないけど、元気になったようです。ウサギさんの、伝えたかったことは、伝わってはいないとしても、元気になったのなら、それだけで。

（よかったあ）と思いながら、ウサギさんは、ほかほかあたたかいアップルパイの包みをかかえて、いつまでも見送っていました。

あるいは教育の成果

「……ほんとうは、〝だいじょうぶ？〟って声をかけたかったんです。いっしょうけんめい、自分で、コップに水をくもうとして、工夫して、努力しているのを、見てた。いとしかった」

書きとめていたヒツジさんの手がとまりました。そのひとはすぐに言いなおしました。

「いいえ。いとしいなんて、嘘《うそ》。そんなの、嘘《うそ》です。それより、悪いな、申し訳ないな、って、思った。〝お水ちょうだい〟も言えない母親なんだな、この子にとって、あたしは、って、そう思いました。罪悪感と自己嫌悪《じこけんお》で、またいらいらして」

ヒツジさんはやさしい目で見つめながら言いました。

「無理につじつまを合わせようとしなくてもいいんですよ。ひとの気持ちは変わるものだし、言葉や行動に、矛盾《むじゅん》は、あって当然なんです。あなたはいつも、矛盾《むじゅん》のないように、筋《すじ》がとおるように、完璧《かんぺき》でいようとがんばってしまう傾向《けいこう》があるんですよねえ」

ヒツジさんはカウンセラーなのです。その言葉にうながされて、そのひとの口調もすこし変わりました。

「……コップを落として割ってしまったとき、怪我《けが》しなかったか、って、まずそう思ったけど、でも、〝だいじょうぶ？〟なんて。そんな、やさしげなこと、今さら言えなかった。〝なにやってるの！〟って言うのが、いつもの、この子の母親としての態度だと思った。今さら、〝だいじょうぶ？〟なんて。言ってそのあとどうするの？　お水くもうとしてたの、えらいねえって？　言うの？　びっくりするでしょう、子どもも」

「うーん、もし、びっくりしたとしても、やさしい言葉をかけられたら、うれしいですよ。こどもでも、おとなでも」

ヒツジさんは否定的な言葉をつかわないように気をつけながら、答えました。

その言葉の、どこがどのように作用したのか、そのひとの目つきがすこし、きつくなりました。

「ねえ」

と、その目をヒツジさんに向けました。

「こどもに、やさしくして、やさしくして、やさしくして、やる気を出させて、やったことに対して、ほめて、ほめて、ほめて、それほどでもなくてもほめまくって、またやる気を出させて、

それからどうするの？

いつからおとなとして扱うの？

いつまでも、だれかにほめてもらえて、やさしくしてもらえるわけじゃない、って、それでも、やるべきことは、やっていかなきゃならない、って、いつ、だれが、わからせるの？

こどもは、じゃあ、いつおとなになるの？」

ヒツジさんはだまったまま、刺激しないように気をつけながら、でも視線をはずさないように、相手をやさしく見つめました。

「あたしまたおかしなこと言いだしたかしら。

そんなこと言える立場じゃないでしょう、って？

あんなおそろしいことをしておいて、って？

そうね。

おっしゃるとおりです」

そのひとはヒツジさんがなにも言っていないのに話し続けました。ヒツジさんはだまって、ただ相手の、目ではなく口もとあたりをやさしく見つめたまま、話すにまかせておきました。

「わたしが、わたし自身が、甘《あま》いことばかり耳にして、やさしいことばかり言われて、かわいいのいい子だの頭がいいだのって、ほめられてばかりいて、つらいことのないまま、おとなと呼ばれる年になってしまった。

おとなになったらこんなふうには生きていけないだろうなって、そんなはずはないって、思いながらも、つらいことへの想像が、はたらかなかった。

ほんとうの意味でおとなになるのを、先延ばしにした。たぶん今も、そうでしょうね。おとなになんてなれていないんだと思う。

なにか〝これを乗《の》り越《こ》えたら、おとな〟っていうのが、あればいいのにね。通過儀礼《つうかぎれい》っていうの？　こんなつらいことを乗《の》り越《こ》えたんだから、自分はこのあと、どんなことがあってもだいじょうぶだって思えるようなこと。ふふふ、でも、いやだわね、やっぱり、今さら、そんなこと。あたしだっていやだわ。ふふふ。昔から決まってることなら、しかたないって思うかもしれないけど、今さらね。

覚悟《かくご》とか責任感とか義務とかを見ないようにして、自由や権利を得るのがおとな、って勘違《かんちが》いしてたり。

でも、ちがう。自由には責任がともなっていて、権利は、義務とセットになっている。

好き勝手に生きたあと、どこかで覚悟《かくご》をして、そこでおとなになって、それから真面目《まじめ》に生きていこう、なんて。

笑っちゃう。ああ、だから、わたしが笑うことじゃないのよね」

そのひとは笑った顔のまま、ヒツジさんでないどこか一点を見つめました。一瞬《いっしゅん》の後《のち》、笑顔が消えました。

「どうしてひとりだけ残したのか、って？

だから、そのひとりさえ育てきれずに逃《に》げだしたわたしに、今さらそれを訊《き》くことに、なにか意味があるんですか？

どうしてでしょう。

どうしてかしら。

正直、つらかった。一対一で、逃《に》げ場《ば》がなくて。あの子もおなじ気持ちだったんでしょうけど。

子どもなんて、産むものじゃないわ。忘れていたい自分の恥部《ちぶ》を、毎日毎日見せつけられるの。自分のだめさ加減を教えられるの。毎日毎日。いつもいつも。教えたわけでもないのに、わたしの過去をなぞってみせてくれるの。ほんとうは、こんなに、びくびくしてたよねって、いつも親のきげんをうかがってたよねって。そうしていつも目でものを言ってるの。ごはんはつくってくれないの？ こんなにまずいの？ おとなのくせに、ごはんもまともにつくれないの？ って。いつもいつも。

罪悪感と、自己嫌悪《じこけんお》。わたし、子どもを産むまでそういうもの感じたことなかった。いつもかわいいって言われて、いつもいい子だって言われて。それなのに。おまえわるいやつだ、おまえだめなやつだ、って、いつも全身で言ってる存在が、ずっといっしょにいるの。そして、世界中から、だめな母親だって言われるの。心のなかで、ごめんなさいごめんなさいって、ずっと謝《あやま》ってた」

そのひとの声はだんだん高くなりました。

「申し訳ないと思っているわよ。あの子にも、ほかの子たちにも。でも、申し訳ない申し訳ないって、いつもいつも思わされてるのは、つらいのよ。自分が、自分らしく、ありのままでいるのを、責められてるんだもの。それじゃだめだよ、しっかりして、親らしくしてよって。いつもいつも」

言葉を切って、息をつきました。

「だいじょうぶですか？　お水を飲みますか？」

ヒツジさんは、そっとお水のはいったコップをそのひとの前におきました。

そのひとはそれをじっと見ました。でも、手にとろうとはせずに、またヒツジさんに向き直りました。

「親らしくってどういうこと？　かわいがればいいのかしら？　そういえば、ほかのおかあさんたちは、自分の子どもをとってもかわいがってた。世界中に見せつけるみたいに。それもたまらなかった。ああ、でも、わたし自身は、そうやって育てられたのかもしれない。きっとそうね。

こどもがきらいなんでしょうね、わたしきっと。こどもがきらいなのはそのひと自身がこどもなせいだ、って、よく言われるけど、そのとおりでもいい。自分だけが、なによりもかわいいんだって、そのとおりでもいい。とにかく、たぶん、愛してなかった。愛ってどういうことか、あたし、いまだによくわからないけど。かわいがることが、愛情？」

水の入ったコップを、じっと見つめたまま、続けました。

「ああ、あたしこの子を、愛してないんだな、って、気がついて。

そして、そしたら。

あの子、お花持ってきたの。

あたしが、あの子のおとうさんにしたのと、おなじことを。

うわあって思ったわ。

ああ、あのひと、こんな気持ちだったんだなって。

愛してないひとに、愛を求められて、つらかったんだな、って。

それから。

あたし、こんな顔してあのひとにお花を差しだしてたんだな、って。
なんでこの子は、教えもしてないのに、あたしの真似《まね》なんか、って。

よりによって、いちばん恥《は》ずかしい、忘れていたい記憶《きおく》を、どうして再現するの、って。

いちどにいろんな思いが押《お》し寄せて、もう、なんだか、たまらなかった。

わかってるわよ。あの子が悪いんじゃないわよ。

…………………」

そのひとはうつむきました。目に、暗い光が宿りました。

「……ほんとうに、どうして、ひとりだけ、残したのかしら。ぜんぶ、自分もふくめて、なかったことにするつもりだった。

どっちがよかったんでしょう。その子にも、訊《き》いてみないとわからない。

引越《ひっこ》したようだから、どこにいるかわからないんです。

ええ。見に行ったのよ。そうっとね。

……………」

そのひとの目が泳ぎはじめました。ヒツジさんがなにか言いました。そのひとは急にきげんがよくなりました。

「これ？　お菓子《かし》つくったんです。フォンダンショコラ。これねえ、焼き加減がむずかしいの。これはもう冷《さ》めちゃってるけど、焼きたてのを、こう、切ると、チョコレートが溶《と》けだして、もう、それはそれはおいしいの。ええ。わかってる。子どもにつくってあげればよかったのよね。

でも、無理。子どものいるところでお菓子《かし》なんてつくれないわ。集中できないもの。ましてや、いっしょにつくるなんて、無理無理。めちゃくちゃになってしまうでしょう。きれいに、完璧《かんぺき》につくりたいでしょう。どうせやるなら。どうでもいいようにやるくらいなら、しないほうがましでしょう。材料だって、時間だって、無駄《むだ》になるわけだし。

完璧《かんぺき》に、やりたいじゃない。なんだって。自分にはできないと思ったら、やめるわよ、そこで。

答えが、ほしいじゃないの。これが正しいから、このとおりにやればいいんだよって。レシピとか、マニュアルのとおりにやれば、できるはずでしょう、なんだって。

ほめられたいわよ、おとなだって。よくできたねって。がんばったねって。

おかしいんでしょう、わたしの言ってることは。あなたがたが、そう言うのは、もうわかってる。なんども聞いたわ、その言葉。でも、わからない。どこがおかしいのか、わたしだけが、わからない。だから、わたしが、おかしいのよ。いいわよ、それで。
おしまいよ、今日は。もう戻《もど》りなさいよ。時間でしょう。あなたの仕事の終わりの」

卒業パーティ

「ウサギさん」

秋晴れの気持ちのよい日に、ウサギさんが家のまわりのそうじをしていると、小道を歩いてきたブタさんに、声をかけられました。

「あっ、ブタさん。こ、このあいだはどうもごちそうさまでした。アップルパイも、とってもおいしかったです」

「そう。よかった。ねえウサギさん、明日は卒業パーティなの。森の学校の。学校の場所わかる？　いっしょに行こうか」

「えっ。でも、学校には、ぼく行ってないし」

「ふふふ。あんまり関係ないの。こどもたちの成長を祝うというのが、建て前なんだけど、ちょうどそろそろ冬眠《とうみん》、ってときだから、おとなたちも、そのまえにおともだちと会っておきたいでしょう。みんな来て、とっても盛り上がるの」

「そうなんですか」

「いろんなひとと顔見知りになっておいたほうがいいし、あとね、すこしね、にもつを持っていくのをてつだってもらえたら、うれしいんだけど」

「えっ。てつだいます、ぼく」

「ほんとう？　持っていけないこともないから、無理にでなくてもいいんだけど」

「行きます。いっしょに行ってもらえたらうれしいし」

「じゃあ、お願いしますね」

というわけで、時間を決めて、いっしょに行くことにしたのでした。


もしかしたら、ブタさんはぼくのために、ああ言ってくれたのかな。ウサギさんはなんとなく、そんな気がしました。卒業パーティという行事は、どうも、この森においては、重要な行事のようです。それは、ブタさんとの会話から感じられたことですが、知らないまま行かずにいたら、森のひとたちは、だいじな行事を、新入りのウサギが無視した、と思うかもしれません。

でも、ひとりでは行きづらいものです、パーティって。なにか、行くだけの意味というか、会う相手や、ちょっとした用事がないと。それを、ブタさんの荷物持ち、という役目をあたえてくれた、そんな気がします。

そんなことを思いながら、パーティの日、ウサギさんは、ブタさんとふたりで、会場である森の学校に向かって歩いていました。手に持った荷物から、とってもいいにおいがします。

「いいにおいですね」

「ええ、ブラウニーなんです。パーティにね、差し入れ」

「あっ。去年は、アップルパイだった?」

と、ウサギさんが、森の集会での会話を思いだして言うと、

「そうそう。今年アップルパイはもうつくって配っちゃったから、なににしようーって、考えて。でも、よく知ってたのねえ、去年の差し入れがアップルパイだったって」

「評判だったんですよ、このあいだの集会で。卒業パーティのアップルパイがおいしかったねって。みんな楽しみにしてますよ、今年も」

「わあ、そうなの。うれしい」

ウサギさんは、ほかのひとといっしょにいたり話をしたりすることに、まだ慣れていないのですが、ブタさんとは、わりあいすらすらと会話が続くようになってきました。

ブタさんといると、なんだかほんわかして、気持ちがなごみました。ときどき会話がとぎれて、ちょっとウサギさんがあせっても、となりのブタさんはとくに気にもせずにリラックスしているのが感じられて、ほっとするのでした。

赤くなっていないせいでもあるでしょうけど、においなどはぜんぜん感じられませんでした。

会場になっている森の学校につくと、もうだいぶ盛り上がっていました。卒業パーティです。森にすむいろいろなどうぶつのこどもたちが、生きていくためのすべや、森のなかのいろいろなルールを、春から秋にかけて、学校でみんなといっしょに学んで、いよいよ卒業し、独り立ちしていくのを、森のみんなで祝うのです。

という、建て前になってはいますが、それにかこつけて、がんばってきた一年のしめくくりと、これからやってくる厳しい冬を前にしての、どんちゃんさわぎに近いようです。

校庭にテーブルが出されていて、いろいろな料理がならんでいます。お酒もあります。ヤマネコさんがギターをかき鳴らしていて、タヌキさんがボンゴをたたいていて、クマさんが歌を歌っていて、酔《よ》っ払《ぱら》ったオオカミさんが踊《おど》っています。いつもよりすこしおめかしした、いろいろなどうぶつの娘《むすめ》さんやおかみさんらが、あちこちでおしゃべりに花を咲かせていて、こどもたちが走りまわっています。

この卒業パーティが終わったら、親元を離《はな》れて独り立ちしていくこどもたちが、最後のこどもとしてのひとときをはしゃいで過ごしているのです。

「にぎやかでしょう」

「楽しそうですね」

ふたりでテーブルのお皿にブラウニーをのせてまわりました。

「ブタさん、いいにおいだね」

と、みんなが話しかけます。そのたびにブタさんは、

「ブラウニーなの。食べてね。こちらはうちの近所に越《こ》してきたウサギさん」

と、ついでにウサギさんを紹介《しょうかい》してくれます。

「ああ、ウサギさん。よろしくね」

「よ、よろしくお願いします」


たわいないあいさつです。集会でクマの会長さんが、新入りのウサギさんを森のみんなに紹介《しょうかい》してくれたときと、言葉はほとんど同じです。でも、だれかと、顔と顔を見合わせてにっこりして交わすあいさつは、ぐっと近づいた気になります。ひとりでパーティに来てもこうはいかなかったでしょう。きっかけとか、あいだに立ってくれるひととか、そういうのが、だいじなことなんだなあと、ウサギさんは思いました。

「さあ、これでいいわ。ウサギさん、すわりましょう」

配り終えましたが、ブタさんの手もとには、すこし残してあります。おやと思っていると、

「ウサギさん、ちょっと待っててね。あそこのリスさんのこどもたちにね、いつも仲良くしてもらってるから、持っていってくるから」

ああと思いました。そうだ、よくブタさんのおうちのほうからこどもの歓声《かんせい》が聞こえてきた、あの子たちだと思って、ブラウニーの包みを持って歩いていくブタさんを目で追いました。そして、はっと気がついたことがありました。

この春か夏くらいから学校に通って、今、秋に卒業して独り立ちするのなら、生まれたのは、春先？　だとすると、
たぶん、そのこどもたちと、ぼくは、おなじ歳《とし》だ。

そうなのでした。そのリスのこどもたちとも、そこいらを走りまわっている、卒業生の

いろいろなどうぶつのこどもたちとも。なんとなく幼く思えて、自分より歳下《としした》とばかり思っていましたが、おない歳《どし》なのでした。

あらためて、リスのこどもたちを見ました。五にんいます。つやつやした毛並み。シマリスの特徴《とくちょう》である縞模様《しまもよう》がくっきりと見えます。きらきらしたひとみ。落ち着きがなく、きょろきょろしては、ちょこちょこ動きまわっています。ウサギさんは、なぜか、釘《くぎ》づけになってしまいました。

そのリスのこどもたちが、歓声《かんせい》をあげて、ブラウニーを取り囲みます。ブタさんが、それをいったん制したようです。そして、

「みなさん、ご卒業、おめでとうございます」

と、ブタさんが言ったのが、遠くでしたけど、はっきりと聞こえました。ひと呼吸おいて、

「ありがとうございます」

と、五にんのリスのこどもたちが、声を合わせて言うのが、今度は、おおきくはっきり

と聞こえました。

まっすぐで、すなおで、正しい響《ひび》きがして、ウサギさんは、圧倒《あっとう》されました。

ブタさんが、そのリスのこどもたちをとてもかわいく思っているのと、こどもたちが、ブタさんを心から信頼《しんらい》しているのが感じられて、息が苦しくなるような、うらやましさを感じました。

自分とおない歳《どし》と思われる、ほかのどうぶつのこどもたちも、まるでぴかぴかと光をはなっているようなくったくのない笑顔を見せています。親からも、ほかのひとたちからも愛情を浴びるほど受けて、なんの疑いもなくそれを当然としている、自信に満ちた表情とふるまい。

ウサギさんは、それまで、おなじ年頃《としごろ》のこどもとふれあったことがありませんでした。自分にないものをたくさん持っているその姿にショックを受けました。

ブタさんが、リスのこどもたちから目をそらして、ちょっと頭をさげました。そちらを見ると、こどもたちからすこし離《はな》れたところに、リスのおかあさんがいました。コートを着て、ちんまりとすわっています。

はしゃぎながらブラウニーを食べている子リスたち、この卒業パーティを終えたら、それぞれ独り立ちしていく自分の子どもたちの姿を見つめるその目は、さみしそうで、ウサギさんは胸がつまりました。

あんな目をするものなのか、おかあさんって。

自分に、あんな目が向けられたことは、あっただろうか。

ウサギさんが、リスのおかあさんから目を離《はな》せずにいると、とうとつに、そのおかあさんの前に五にんのこどもたちが整列しました。そして、

「おかあさん、今までありがとうございました」

と声をそろえて一礼しました。

おかあさん。

自分に、なにも言わずに、ある日突然《とつぜん》いなくなってしまった、おかあさん。

ウサギさんは、混乱しました。

自分と、なんという、違《ちが》いなのか。おなじ、親と子どもなのに。どうして。

ブタさんが戻《もど》ってきました。「ただいま」と言ったブタさんに、「あ、はい」と答えたまま、それ以上ものが言えないウサギさんを見て、ブタさんはなにか感じとったようでした。「料理をもらってきますね」と言って、ウサギさんをひとりにしてくれました。

ヤマネコさんがギターを弾《ひ》き、タヌキさんがボンゴをたたいています。ハーモニカやカスタネットの音も聞こえます。歌声。はやす声。はしゃぐ声。パーティの喧騒《けんそう》のなかでウサギさんは、石のようにじっとしていました。

（おかあさんとは、怖《こわ》いものだと思っていた。怖《こわ》くても、いっしょにいて、おたがいに、がまんして。そういうものだと思っていた）

（いつでも、なにをしてても、親からの愛情はあふれるほどもらえる。よそのこどもたちは、そう信じきって、それがあたりまえで、いちいちおかあさんの顔を見たりしないで、あんなにのびのびと、はしゃいで、すきなようにふるまっている）

（母親に愛情は、あって当然なのか。だったら、ぼくは。ぼくのおかあさんは）

ブタさんが来て、そっと料理のお皿をテーブルにのせました。

「ブタさん」

ウサギさんが話しかけました。

「はい」

ブタさんは返事をして、ウサギさんの顔を見ました。ウサギさんは前を向いたままで、

「みんな、楽しそうですね」

と言いました。

「そうですね」

とブタさんは答えました。

「あんなに、こども時代が楽しかったら、独り立ちするのは、つらいでしょうね」

とウサギさんは言いました。ブタさんは、そんなウサギさんをじっと見つめていました。


そうだ、とウサギさんは思いました。


そうだ、おかあさんは、ぼくのおかあさんは、よそのおかあさんのようには、ぼくをかわいがらなかったけれども、それは、ぼくが独り立ちするときに、つらくないようにって、そう思いやってのことにちがいない。

急にいなくなってしまったのは、もうぼくがいちにんまえだと見なして、だまって独り立ちさせたんだ。「おかあさん、ありがとうございました」って言うのばっかりが、独り立ちってわけじゃないんだ。だまったままで、っていうのだって、あるはずだ。

ほんとうは、そうではないことは、ウサギさんはわかっていましたけれども、そう思わないと、今はつらすぎました。

なにかが落ちてくる

卒業パーティのどんちゃんさわぎなど、なかったかのように、ひとびとはもとのせわしない日常にもどり、日々は飛ぶように過ぎていきます。すっかり葉を落とした木々のあいだを、冷たい風がふきすさぶようになりました。

冬眠組《とうみん》のひとたちが、ひとり、またひとりと、おうちのなかにこもりはじめました。春が来るまで、ほとんど眠《ねむ》ってすごすのです。ときどき起きて、なにか食べて、また眠《ねむ》ります。気楽に思えますが、それはそれで、体調管理や食料の調達など、いろいろとたいへんなのです。

食料の調達といえば、最近は、にんげんの猟師《りょうし》が森に入ってくるようになっていました。食べものをさがしに行くのにも用心しなければいけません。

低く雲がたれこめて冷えるけれども、風がそれほどなかったので、キツネさんは、食料やそのほかいろいろなものを集めようと家を出てきました。キツネさんは冬眠《とうみん》をするわけではありませんが、いくら冬眠《とうみん》しなくったって、なるべく家にいられるように、いろいろなものを用意しておいたほうがいいに決まっています。雪がつもったらもうたいへんです。風邪《かぜ》ぎみだったので、外に出るとぞくぞくしました。でもしかたありません。

キツネさんは歩いていく途中《とちゅう》で、ふたりの猟師《りょうし》を見かけて身をひそめました。ハンチング帽《ぼう》をかぶって、ブーツをはいて、ぴかぴかの猟銃《りょうじゅう》を肩《かた》にかついでいます。そこらじゅうに響《ひび》く声で、なにごとか話しては笑い合っています。

毛のない、平べったい顔。ひよわなくせに、私たちの森にずかずか入りこんで、おまけに、闘《たたか》いの方法が〝銃《じゅう》〟だなんて。キツネさんは思いました。卑怯《ひきょう》で見下げはてたやつら。いちど、キツネさんはしつこく追いまわされて、怖《こわ》い思いをしたことがありました。

(毛皮にされてたまるもんですか)

キツネさんは思いました。あんたたちのために毎日手入れして大切にしてるんじゃないわ。

(ばかみたい。あんなふうに話したり、連れ立ってのしのし歩いたりして。なにも獲《と》れるわけがない)

キツネさんは身をひそめて猟師《りょうし》をやりすごしたあと、そっと、彼《かれ》らの進むのとは反対の方向に行きました。

ほかにも猟師《りょうし》がいるといけません。さっきのは、ひとめ見てばかばかしくなってしまうような素人《しろうと》でしたが、もっと、いやな言いかたですが、猟《りょう》の〝上手な〟にんげんが、どこかにひそんでいるかもしれません。キツネさんが、神経をとがらせながらたきぎを集めていると、話し声が聞こえてきました。にんげんのではなく、森のなかまたちのものです。

ふたりいるようです。ひとりはだれか、すぐにわかりました。そっと、そちらをうかがいましたら……、やっぱりイタチさんです。ふしぎなことです。会いたくないと思い、どうか会いませんように、と念じているひとには、ひんぱんに会ってしまうものです。

光り輝《かがや》くような毛並み。ひとの注目をいやおうなしに集めてしまう立ち姿。ミステリアスにふせられたひとみ。キツネさんの持っていない、持つことのかなわない雰囲気《ふんいき》をただよわせて、会うといつも鼻で嗤《わら》われているかのような思いにとらわれてしまう、気持ちを落ち込《こ》まされる相手。

そのイタチさんが今、目の前にいます。いっしょにいるのは、ヤマネコさんでした。イタチさんには、とくべつに仲が良いようなひとはいないように思っていましたが、いま目の前で話しているふたりは、とても親しげで楽しそうです。

ヤマネコさんは肩《かた》まわりががっしりしていて、厚い胸板とくびれた胴《どう》と、するどい眼光を持っています。かっこいい、と評判のひとです。このあいだの卒業パーティで、ギターを弾《ひ》いている姿に、タヌキさんやネズミさんやクマさんやそのほかいろいろのどうぶつの、おかみさんや娘《むすめ》さんが釘《くぎ》づけになっていたものです。憧《あこが》れの存在、なのだそうです。

キツネさんは、とくにそうは思いません。評判を聞いても、実際に見ても、ふうん、と思うだけです。なのに、なぜでしょう、ふたりが親しげに話しているのを見ていると、なんだかいらいらします。かっこいいヤマネコさんと美しいイタチさんは、種《しゅ》がちがうとはいえ、とてもお似合いです。イタチさんはとても楽しそうです。花が咲《さ》いたような笑顔で、なにごとかヤマネコさんと話しています。キツネさんがそれまで見たこともない、はっとさせられるような美しい笑顔です。それを見たとたん、

（なにがそんなに楽しいの!?　私がここで、こんな気持ちでいるのに！）

キツネさんはそう思って、そして、びっくりしました。なぜ自分がそんなことを思うの

か。おもわず心に浮《う》かんだ言葉がなぜそれなのか。

またヤマネコさんがなにか言いました。さっきよりイタチさんに顔をよせて、意味ありげに目を細めて。イタチさんもまた笑って、ヤマネコさんの肩先《かたさき》をたたくふりをしたりしました。キツネさんはヤマネコさんに対してもいらいらしました。

（そんなふうにイタチさんを笑わせたりして。いったいなにを言っているの）

そうしてまたそんなふうに思う自分にもいらいらしました。ヤマネコさんなんて、ぜんぜん好きじゃないのに。

どうして、イタチさんを見ると、こんなに心が乱れてしまうのか。

自分で自分がわからなくなって、キツネさんは、やけのような気持ちになりました。自分を苦しめるイタチさんを、憎《にく》い、と思いました。

（イタチさんなんて）

（猟師《りょうし》に撃《う》たれて死んでしまえばいいのに！）

＊　＊　＊

「イタチ獲《と》れないかな。伝説のイタチ」

「ありゃあテンだよ。からだのおおきさがぜんぜんちがう。獲《と》れるもんか、おまえみたいな初心者に」

「きれいなんだってな」

「きれいなんてもんじゃない。去年、ちらっと見ただけだったけど、銃《じゅう》をかまえるのも忘れて、ぼうっとしちまった。毛色が輝《かがや》いてさ、光ってるみたいなんだ。森の妖精《ようせい》みたいだった。みんなあいつをねらってるんだ」

＊　＊　＊

気がつくと、アライグマさんは、またそこにいました。薄《うす》い雲の上にのっていて、頭の上にはあのいやなざわめきのかたまりの黒い雲がありました。

黒雲のようなものは、前よりもさらにおおきく、厚く、黒く、アライグマさんの頭すれすれのところまで、のしかかってきていました。

うるせえくそばばあ。

ああもういやだ。なにもかもいやだ。消えてしまえ。

ばーか。おまえみたいなやつに命令される俺《おれ》じゃねえよ。

みんな死んでしまえばいいのに。みんな死んでしまえばいいのに。みんな死んでしまえばいいのに。

その黒雲に充満《じゅうまん》している、耳をふさぎたくなるような呪詛《じゅそ》の言葉が、ぜんぶいっしょに聞こえてきます。アライグマさんは吐《は》きそうな気分になりました。

（もう、限界だ）

なぜかそんな言葉が頭に浮《う》かびました。なにかのきっかけで、たいへんなことになりそうな雰囲気《ふんいき》に、あたりいちめんが、満ち満ちていました。重くて、恐《おそ》ろしくて、息もできないような気がしました。

（どうしよう）

アライグマさんは恐《おそ》ろしくて、からだが固まったようになってしまって、逃《に》げることもできずに、ただ立ちすくんでいました。そこに。

（あっ）

アライグマさんは気づきました。来る。今。すぐに来る。

どうしよう。自分はいったい今までなにをしていたのか。なんどもここへ来て、これを見ていたのに、なにも考えなかった。ただ恐《おそ》ろしがって、忘れようと、打ち消そうとしていただけで。そのまま、今ここに至ってしまった。激しくアライグマさんは後悔《こうかい》しました。でも、そんなのもう役に立ちません。アライグマさんの目の前で、〝それ〟が、足元の薄《うす》い雲からいきおいよく飛び出してきて、頭のすぐ上の黒雲につきささりました。

……なんて、撃《う》たれて死んでしまえばいいのに！

そのいちげきが、とどめのように、黒雲はゆっくりと落ちはじめました。

それを見た瞬間《しゅんかん》、あたまのなかを、いなずまが通り抜《ぬ》けたような気がしました。

自分が、今、ここにいる、その意味は。

この恐《おそ》ろしいものが、落ちていくのは、しかたがない。たぶん、雨が降るのとおなじことだろう。でも、その、瞬間《しゅんかん》に、自分が、ここに、みちびかれてきた？　その意味は。

アライグマさんは夢中で、落ちていこうとする黒雲にしがみつきました。自分の力で止められるなんて、とうてい思えませんでしたけど、そうせずにはいられませんでした。

たぶんこれは、自分たちのすむ、あの森に、落ちてくる。

黒雲にしがみついたとき、はっきりとそう思いました。いいえ、思ったのでなく、わかったのです。

そしてもうひとつわかったこと、それは、黒雲は、おおきな球《きゅう》だということでした。頭の上に雲のようにひろがっているだけでなく、とてつもない厚みを持っていたのでした。その巨大《きょだい》なものが重みを増して、しがみついているアライグマさんごと、ゆっくりと薄《うす》い雲にめりこみはじめました。

こんなおおきなわざわいが、あの森に。

アライグマさんは、目をつぶりました。自分も最期《さいご》だというのが、わかりました。怖《こわ》くて涙《なみだ》が出てきました。鼻水も出てきました。

くしゃくしゃな顔で、がたがた震《ふる》えながら、へっぴりごしで、おおきなおおきな黒い球《たま》にしがみついているんだな、ぼくは、と、アライグマさんは思いました。みっともないな、ぼくは校長先生だってしてたのに、と思いました。

でも、これが、あの森に落ちてくる。だとしたら、ぼくは。

あの、うつくしい、なつかしい、あたたかい、あの森のために、ぼくのするべきことは。

まったくなんの役にも立たないとしても、なにもかも気のせいだとしても、もしかしたらただの自己満足にすぎないとしても、いつでもぼくは、森のために、行動する。だって、ぼくは校長先生なんだから。それが昔のことでも。今は違《ちが》っても。とにかく。

その、黒くて、とてつもなくおおきくて、耳をふさぎたくなるようなざわめきが充満《じゅうまん》した球《きゅう》に必死でしがみつきながら、なんとか落ち着いて、森のために祈ろうとしましたが、あせってしまって、うまく考えがまとまりません。そんななかで、いつかの、自分の演説のことを思いだしました。森の集会で、時間をもらえるようお願いして、やらせてもらった、一世一代《いっせいちだい》の、〝自由〟についての、演説。

……自由というのは、〝勝手気まま〟や、〝好き放題〟という意味ではないのです。

……自由というのは、〝自《みずか》らに由《よ》る〟という意味なのです。……

聴衆《ちょうしゅう》の反応はいまひとつだった。みんなあまり聞いていなかった。でも。

「あの、自由の話なんですけど」

ブタさん。ブタさんが、わざわざお見舞《みま》いに来てくれて、それについて訊《たず》ねてくれた。

「あの、校長先生が、だいぶ前に、森の集会で、自由という言葉について、お話をしてくださったことがあったんですけど、おぼえておられるでしょうか」

「おぼえていますよ。おぼえてますとも」

うれしかったなあ。あんなにうれしいことはなかった。そのあと容態が急変して、いっきに具合が悪くなってしまったけれど、その前にブタさんが来てくれて、いろいろな話ができて、よかった。

球体はアライグマさんの乗っていた薄《うす》い雲をつきやぶりました。どんどん落ちていきます。アライグマさんはそのいちばん下側に、はりついたようになっているのでした。もう、離《はな》れようとしても離《はな》れられません。

(地上に落ちたら、ぺしゃんこだな)

アライグマさんはそんなことを思いました。

(ああ、今のこれは、肉体じゃないから、ぺしゃんこにはならないか)

背中がびゅうびゅうと風を切るのを感じました。

怖《こわ》いとは、もう思いませんでした。それよりも。

どうか、ブタさんに、いいことがありますように。

こうしてしがみついていることが、なにか、ブタさんのためになりますように。

（〝森のために〟のつもりが、いつのまにか〝ブタさんのために〟になってるな）

アライグマさんは、速度を増してどんどん落ちてゆく球体に、必死にしがみつきながら、すこし笑いました。

＊　＊　＊

「あれっ」

猟師《りょうし》のひとりが言いました。

「煙草《たばこ》落ちちゃったよ」

「ん？」

「なんか落ちてきて、当たったみたい」

「木の実だろ」

「うん……。どこ行ったかな」

「なにが？」

「煙草《たばこ》。火、消さなきゃ」

「消えるよそんなのすぐに。それより早く帰ろうぜ。暗くなるとやばいぜ、この森。オオカミもいるし、クマもいるし」

「ああ……。そうだな。帰ろう」

森が火事になった

ブタさんは夢を見ていました。料理をしていたのか、お菓子《かし》をつくっていたのか、わかりませんけど、なにかを焦《こ》がしてしまったようです。焦《こ》げくさいにおいがしはじめた、と思ったら、どんどん煙《けむり》が濃《こ》くなってきました。あわてて、焼《や》き窯《がま》のようすを見に行こうとするのですが、だれかの呼ぶ声がします。オオカミさんです。おおきな声で、ブタさんを呼んでいます。

ああ、あんなおおきな声で。そこらじゅうに聞こえてしまう。迷惑《めいわく》に思うひともいるかもしれない。早く返事をしなきゃ。でも、早く焼《や》き窯《がま》のしまつもしなきゃ。早く早く。どうしたらいいかわからなくなって、足が動きません。のどがつまったようになっていて、声も出ません。

おおきな音がして、ブタさんのおうちのドアが、外から壊《こわ》されました。ブタさんは目をさましました。

「おいおいやばいぜブタさん。蒸し焼きになっちまうぜ」

オオカミさんが入ってきました。同時に熱い風と、煙《けむり》が入ってきて、ブタさんはせきこみました。

「火事だよブタさん。森が火事になってる。俺《おれ》としたことが、鼻がきくはずなのに、今日に限ってぐっすり寝《ね》ちまってて、気づくのが遅《おく》れたぜ。今みんなに知らせてまわってるところだ」

そして、せきこんでいるブタさんの背中をさすりながら、

「だいじょうぶか？ なにが起こってるかわかるな？ 自分で逃《に》げられるな？」

と訊《き》きました。ブタさんは夢中でうなずきました。

「**火は南から来てる。北へ向かって逃《に》げるんだぜ。じゃあな、ブタさん。元気でな**」

と言って、オオカミさんは出ていきました。

ブタさんは混乱した頭で考えました。どうしよう。逃《に》げなきゃ。だいじなものを持って。食べもの？　手に入れるのに苦労したお菓子《かし》作りの道具？　でも、早く早く。とにかく思いついたものを包んでいる途中《とちゅう》で、はっとしました。

（そうだ、リスさん）

リスさんというのは、卒業パーティで、ブラウニーを持っていってあげたこどもたちのおかあさんです。親しくご近所づきあいしているひとなのです。

「あのね、ブタさん。私、この夏に主人がいなくなっちゃったでしょう。こどもたちも独《ひと》り立ちして、今、ひとりなわけだけど、ひとりのひとは、冬眠《とうみん》するあいだの管理人さんというのを決めなきゃいけないんだって。ブタさん、お願いできる?」

と頼《たの》まれて、ついこのあいだ、ブタさんはリスさんの冬眠《とうみん》を見とどけ、火の始末や戸締《とじ》まりを確認して、森の会長のクマさんに報告したのでした。

リスさんはひとりで冬眠《とうみん》中なのです。起きられるでしょうか。起きたとしても、たぶん普段のように動けないでしょう。

(リスさんちに行かなきゃ)

とりあえずつくった荷物を肩《かた》にまきつけて、家を出ました。壊《こわ》れたドアを踏《ふ》み越《こ》えながら思いました。

(オオカミさんに「ありがとう」を言うひまがなかったな。こんど会ったら、会えたら、きっと言わなくちゃ)

＊　＊　＊

「**あちっ**」

オオカミさんは叫《さけ》んで跳《と》びのきました。焼けて熱くなった瓦礫《がれき》かなにかを踏《ふ》んでしまったようです。

「**ちぇっ**」

（だいぶ火がまわってきたな。知ってる家《うち》は、だいたいまわったんだけどな。今年独り立ちした若いもんの家《うち》がわかんねえな）

（こんなことがあるなんて思わねえもんな）

あとひとつ思うことがありました。

（冬眠《とうみん》の連中は、しかたない）

冬眠《とうみん》をしているひとたちは、からだが常《つね》の状態ではありません。ぼんやりして、のろのろして、とても走って逃《に》げたりできる状態ではありません。連れて逃《に》げるには、あまりにおおぜいいますし、選んで連れていくわけにもいきません。

（不可能だ。しかたない）

おおきなクスの木のそばに来ました。太い幹にひたいをつけて、すこし休みました。ほんとうは、休んでいる場合ではないのです。逃《に》げたほうがいいのです。でも、オオカミさんは、迷っているのでした。しかたがないとあきらめて、切り捨てたつもりでも、気がとがめるのです。

だって、オオカミさんは、ずっと森のみんなを守ってきたのです。だれかに頼《たの》まれたり、役目として決められたというわけではなく、力が強く、闘《たたか》う方法を知っている自分がするべきだろうと、みずから買ってでて、侵入者《しんにゅうしゃ》やならずものや、狩《か》りの欲求をこの森で満たそうとするひとから、ずっと森を守ってきている、この森の用心棒なのです。

その自分が、冬眠《とうみん》組のひとたちを、切り捨てる？

顔を見知っているひとたちの、笑顔や、なにか自分に話しかけている顔が浮《う》かびます。ごうごうと炎《ほのお》がせまっています。避難《ひなん》しようかどうしようかと迷っていると、上から、なにかちいさいどうぶつがあわてて降りてきました。はっとして顔を上げると、そのどうぶつはすぐ目の前にいました。

「おい」

とオオカミさんが声をかけるのと、

「ひっ」

と、そのどうぶつ（それは若い野ネズミでした）が立ちどまるのと、同時でした。

ただでさえ、火事にあって動揺《どうよう》しているところへ、恐《おそ》ろしい顔が目の前に突然《とつぜん》あらわれて、その若い野ネズミは、パニックを起こしてしまいました。

「あっ、おい」
「だめだそっちは」

＊　＊　＊

ウサギさんは、わりと早いうちに火事に気づきました。ウサギさんは、ちいさいうちからひとりでいたので、それとは自分で気づいていませんが、いつも緊張《きんちょう》しているのです。寝《ね》ていてもぐっすり熟睡《じゅくすい》することはほとんどありませんし、危険にたいして、ほかのひとよりも敏感《びんかん》なのです。

急いで逃《に》げようとしましたが、ブタさんのことが気になって、おうちに寄って行くことにしました。気づかずに眠《ねむ》っていたら、なんとかして起こしてあげよう。よけいなお世話かな。そんなはずはないよな……と考えながらブタさんのおうちの近くまで行ったら、オオカミさんがドアを壊《こわ》しているのが見えましたので、安心して、逃《に》げることにしました。

火は、あっというまにひろがっていきます。ウサギさんにももう余裕《よゆう》はありませんでした。ブタさんのことは、オオカミさんにまかせて、逃《に》げることにしました。

さよなら、ブタさん。ひとりで引越《ひっこ》してきたぼくを気づかって、手づくりのケーキをくれた、やさしいブタさん。ウサギさんは振《ふ》り返りふりかえり逃《に》げました。すこしだけど、お話しできて、ともだちになれそうだったのに、こんなことになってしまって残念だけど。逃げて、生きのびて、いつかまた会いたい。

森の木々はごうごうと音をたてて燃えさかっていました。いつも見ている木々のはずなのに、いつも見ている森の景色のはずなのに。熱い空気、猛《たけ》る炎《ほのお》、焦《こ》げ臭《くさ》いにおい、そして、叫《さけ》び声があちこちから聞こえます。

「たすけて」

「あぶないっ」

「はやく」

「おかあさん」

はっとしてウサギさんは立ちどまってしまいました。

だれかが、おかあさんを呼んでいる。

固まってしまったウサギさんに、ばらばらと炎《ほのお》をまとった瓦礫《がれき》が降りかかりました。一瞬《いっしゅん》でヒゲが焼《や》け落ちて、毛がちりちりと焦《こ》げるにおいがして、耳の端《はし》が焼けて、死ぬかもしれないと思ったそのときに、ウサギさんの心に浮《う》かんだのは。

（おかあさん）

泣き叫《さけ》ぶ声がしました。

「わあああ」

「おかあさん、おかあさーん」

ウサギさんははじかれたように駆《か》けだし、そして夢中で走りつづけました。

（おかあさん）

（おかあさん）

（おかあさん）

「おかあさん、どこ?」

(助けようとしたのに、死なせちまったなんて)

＊　＊　＊

(台無しだ)

俺《おれ》の姿に驚《おどろ》いて、炎《ほのお》のなかに飛び込《こ》んでしまった。若い、たぶん独り立ちしたばかりの野ネズミ。オオカミさんはぼうぜんと立ちつくしていました。恐怖《きょうふ》にひきつった顔。ちいさな叫《さけ》び声。毛と肉の焼《や》け焦《こ》げるにおい。自分が驚《おどろ》かせたせいで、死なせてしまった。重い後悔《こうかい》がオオカミさんの心をふさいでいました。

でも、そのいっぽうで、なにか違《ちが》うものが目をさましてうごめきはじめたのを、オオカミさんは感じていました。

あの顔。

オオカミさんは思いました。

あれは、俺《おれ》の獲物《えもの》たちが、最期《さいご》に見せる顔。

オオカミさんは、ときどき、べつの森に狩《か》りに出かけるのです。それは禁じられているわけではありません。肉食どうぶつの本能を満足させるために、黙認《もくにん》されているのです。

じっさい、オオカミさんやブタさんたちのすんでいる森にも、よその森からときどき襲《おそ》ってくるひとがいます。そういうひとには、逆にオオカミさんやクマさんたちで立ち向かって、追い払います。

オオカミさんがよその森に狩《か》りに行く場合にも、そういうひとたちと闘《たたか》わなければならないときがあります。返り討ちにあって、大怪我《おおけが》をして、やっと戻《もど》ってくるようなときもありました。

それでもここしばらくのあいだは、そういった狩《か》りには出かけなくなっていたし、森を守るのもけっこうたいへんだし、守るための闘《たたか》いでせいいっぱいで、狩《か》りへの欲求もあまりなくなってきたように思っていたのです。

でも、オオカミさんは思いだしてしまいました。

野ネズミが、最期《さいご》に見せたあの顔。恐怖《きょうふ》にひきつったあの顔、そして、そのあとの、叫《さけ》び声と、静寂《せいじゃく》、そして死のにおい…。それらが、オオカミさんのなかの、忘れていたなにかを呼びさましてしまいました。

＊　＊　＊

キツネさんは、ひとりで逃《に》げていました。風邪《かぜ》をひいていたのに外を歩きまわったので熱が出て、寝込《ねこ》んだところへ、この火事でした。なにもわからないままやみくもに逃《に》げていたので、火勢のつよいところへ迷いこんでしまったようです。右を見ても左を見ても、ごうごうと炎《ほのお》が渦《うず》巻いています。自慢《じまん》のつややかな毛が、ちりちりと焦《こ》げてゆくにおいがします。頭ががんがんして、炎の熱とからだの熱とで、ぼうっとして、のどがからからにひっついてしまって、キツネさんはとうとうしゃがみこんでしまいました。

「もう、いいわ」

と、キツネさんは思いました。思ってから、それがどういうことか思いあたって、怖《こわ》くなって、

「すこし、ここで休んで、それから、また、逃《に》げよう」

と、思いなおしました。でもおなじことです。それもじつはキツネさんは、思いながらもうわかっていたのですが、考えないことにして、目をつぶってしまいました。

目をつぶっていれば、すくなくとも、炎《ほのお》を見ることはありません。ごうごう鳴る音は聞

こえるけれども、熱いけれども、どんどん近くにせまってきて、キツネさんの居場所をせばめてくる恐《おそ》ろしい炎《ほのお》を、見ることは……。目をつぶってさえいれば。目を、つぶって、なにも見ない。見ない……。

そのときです。

ばしっ

おおきな音がして、顔に、なにか当たりました。しぶきがとんで、すぐに蒸発しました。

キツネさんは、なにが起こったのかわかりませんでした。が。

水。そして、濡《ぬ》れた毛の感触《かんしょく》と、におい。しなる皮と肉。そのなかに包まれた骨の固さ。目を開けたキツネさんが見たものは。

（イタチさん）

目の前にイタチさんが立っていました。キツネさんは地面にふせてしまっていたので、見上げるかたちになります。イタチさんはまるでそびえたつようにそこにいて、キツネさんをまっすぐ見下ろしています。そして、キツネさんはたしかに、イタチさんが一瞬《いっしゅん》、鼻の横をほんのすこしゆがめたのを見ました。さきほどの顔へのいちげきがなんだったのか、それを見たときにわかりました。

（尻尾《しっぽ》で）

キツネさんの頭に血がのぼりました。かっとなって、表情も変わったにちがいありません。イタチさんはそれを見て、こんどははっきりと笑って、身をひるがえして走りはじめました。キツネさんは、怒《いか》りに我を忘れて起きあがり、イタチさんの後を追いかけました。

（尻尾《しっぽ》で。尻尾《しっぽ》でぶつなんて。失礼な）

（謝《あやま》ってもらわなきゃ。いくらなんでも、尻尾《しっぽ》で顔をぶつなんて。ほかにやりかたがあったはずだわ。声をかけるとか。肩《かた》をゆするとか）

でも、そう思いながら、あのときの自分がそんなやりかたで身を起こすはずはないと、キツネさん自身もわかっていました。尻尾《しっぽ》で、こともあろうに、顔をぶたれたから、怒《いか》りからエネルギーがわいたのだと。そして、その相手が……だったからこそ。そう思ったそのとき、

（くくくく）

と、耳もとで声が聞こえました。押《お》し殺しても押《お》し殺しても、こらえきれずにもれてしまった、といった笑い声です。イタチさんの声です。が、ずっと前を走っているイタチさんの声が、ごうごう鳴る火事のなかで、聞こえるはずはないのです。それなのに。

（くくく）

（ふふ。ふふふふっ）

笑い声は耳もとにまとわりつくように、いつまでも聞こえます。その声を払いのけたくて、その声から逃《のが》れたくて、キツネさんは夢中で走りつづけました。

＊　＊　＊

ブタさんはリスさんを背負って、ブナの木の股《また》にあるリスさんのおうちから、はしごをつたって下りていました。リスさんは深く深く眠《ねむ》りに落ちてしまっていて、目をさましません。体温も低く、呼吸も、ほとんど感じられないほど浅いのです。（冬眠《とうみん》中ってこんななのね）とブタさんは思いました。

冬眠《とうみん》から目ざめたら、パンケーキを焼いてあげる。

リスさんと、そう約束したのを思いだしました。そうだ、パンケーキ。うすーく焼いて、いっぱい重ねて、レンゲのはちみつをいっぱいかけて、って、約束したんだもんね、リスさん。

だらりとしてしまっているリスさんを苦労して背負って、荷物を腰《こし》にくくりなおして、バランスをとりつつ、足を踏みはずさないように……。ブタさんは必死で一段ずつはしごを下りていきました。だいたいがブタさんは、ひとつのことしかできないたちなのです。そして、からだを使うことは大の苦手なのです。からだを使うことで、いちどにふたつもみっつも気をつけなきゃならなくて、どこか間違《まちが》えたら大怪我《けが》をしてしまう、それどころか、リスさんまで危険に。かつてない緊張のためにブタさんはだらだらと滝《たき》のような汗《あせ》をかきながら、必死に下りていきました。

それから。

(ああ、また聞こえる)ブタさんは思いました。

見わたしてもごうごうと逆巻く炎《ほのお》しか見えないのに、だれかの、落ち着きはらった、演説のような声が聞こえるのです。たしかに、この声は、アライグマさんの声だと思うんだけど、アライグマさんは病院にいるはず……。

「勝手気ままとか、好き放題、という意味ではないのです。森にすむひとたちそれぞれが、おたがいのことを考え、思いやりと、節度を持って……」

なぜだか、声が、上から聞こえるような気もして、ブタさんはなんども上を見ました。そのたびに、はしごから落ちそうになります。

(あぶない。気をつけなきゃ、リスさんまでけがをさせてしまう)

ブタさんは、気を引きしめ、リスさんを背負いなおして、汗《あせ》をだらだらかきながら、また一段いちだん、はしごを下りてゆきました。

（ウサギさんは、逃《に》げたかしら）ブタさんはウサギさんを思いました。

どうしてこんなにふるえながら訪ねてきたんだろう。最初にうちにきたとき、そう思った。あんなにふるえて、おろおろして、真っ赤な顔をして、「パウンドケーキおいしかったです」なんて。そして、そのあといきなり「げんきをだしてください」って、言った。

初対面なのに。

自分があんなにどぎまぎしながら、
「どぎまぎしそうになったら、深呼吸するといいです」って。

外に出て、山積みのりんごを見て、ぜんぶわかった。

やさしい子。自分の都合より、ひとへの思いやりで動くことのできる子。

なのに「いろいろ、ありがとうございました」しか言えなかった。

卒業パーティで、沈《しず》んだ様子になって、なにか事情がありそうだったのに、あたし、「どうしたの?」って訊《き》かなかった。きっとあたしなんかじゃあ、なにも力になってあげられないって思ったから、つい訊《き》かずにしまった。でも、話を聞いてあげるだけでも、よかったのかもしれない。

だめね。いいおとなが、若いひとたちを元気づけてあげられなくて。ごめんね、ウサギさん。

きっと逃《に》げのびて、どこかで、しあわせに。

＊　＊　＊

あんな顔して、パニックになるほど、怖《こわ》い顔してるんだな俺《おれ》は。

森を守るためにいっしょうけんめいやってたつもりだったけど、結局、本能的に〃怖《こわ》い〃と思われてんだな。

当然だ。俺《おれ》は肉食どうぶつなんだから。

「ちっ」

（つまんねえ。ばかばかしい。俺《おれ》ももう逃《に》げよう）

いろいろ考えるのがいやになって、オオカミさんが走りだそうとしたそのとき、おおきなブナの木の幹で、なにか動いているのが見えました。

それがなんなのかわかったとき、

（なんだよ、もう）

オオカミさんはがっかりしました。

ブタさんです。ブタさんがリスさんの家から、はしごをつたって下りてくるところなのでした。背中にリスさんと、自分の荷物をしょって、おおきなからだを不器用に動かして、一段、また一段、じれったくなるようなのろくささで、はしごを下りてくるのでした。

そのさまを見たオオカミさんはなんだか、がっかりして、力が抜《ぬ》けてしまいました。

俺《おれ》が走りまわって、足にケガまでして扉《とびら》を蹴破《けやぶ》って助けたのに、まだこんなところで。

台無しだ。

台無し。

台無し。

オオカミさんのなかに、だしぬけに、猛烈《もうれつ》な怒《いか》りがこみあげてきました。

俺《おれ》のしたことを台無しにしやがって。のろくさい、どんくさい、ブタめ。

俺《おれ》は、森を、守るために。
いっしょうけんめいやってたのに。
俺《おれ》のことが、怖《こわ》いのか。みんな、ほんとうは。
俺《おれ》は、正義なのに。
なんで、冬眠《とうみん》中のやつらを見捨てなきゃいけないんだ。
なんで、お前が、冬眠《とうみん》中のリスなんて、背負ってるんだ。
のろくさいブタのくせに。自分を助けられるかもわからないのに。
俺《おれ》がせっかく助けてやったのに。

炎《ほのお》のように噴《ふ》き上がり、渦《うず》を巻き、制御《せいぎょ》できない怒《いか》りにオオカミさんは支配され、そして、それは、とうとつに心に浮《う》かびました。

喰《く》っちまうか。

こんな火事になっちまって、今さら森のルールもへったくれもないよな。喰《く》っちまえ。ただのブタだ。頭から喰《く》っちまえ。俺《おれ》の自由だ、そんなの。

オオカミさんは、まだブナの幹にへばりついているブタさんのほうへ歩きだしました。

そのとき声が聞こえました。

「それは自由じゃないよ」

オオカミさんは振《ふ》り向きました。

やっと地面に足がついて、ブタさんは心からほっとしました。ああ、やれやれ、ありがたい。地面に足をつけて立っていることが、こんなにありがたいことだったなんて。

そのとき、またアライグマさんの声が聞こえました。ブタさんは周りを見まわしました。そうして、凍《こお》りついたように立っているオオカミさんを見つけました。

ああ、オオカミさんがいた。オオカミさん、アライグマさんの声がするみたいなんだけど、聞こえる？　あっ、それよりも、言うことがあった。お礼を、火事だって呼びにきてくれた、お礼を言わなきゃ……。背中のリスさんを支えなおしてから、ブタさんはそちらに歩いていきました。

＊　＊　＊

いつのまにか、キツネさんは、炎《ほのお》のないところに来ていました。キツネさんの顔を、こともあろうに尻尾《しっぽ》で思い切りぶった、失礼なイタチさんに腹をたてて、夢中で追っていたら、炎《ほのお》のないところに出たのでした。イタチさんの姿は、もうどこにも見えません。向こうに泉か、水たまりかがあるような気がして、行ってみたらやっぱりあって、キツネさんはただもう夢中で水を飲みました。

飲みたいだけ飲んだら、からだが重くなってしまって、いいえ、そんなにたくさんの水を飲んだわけではありません、怒《いか》りにまかせて、怒《いか》りのエネルギーだけで走り続けてきたのが、ひとやすみしたことで、からだが、疲《つか》れや、風邪《かぜ》をひいていたことを思いだした、といったところでしょうか、キツネさんは、ぐたりと、泉のはたにつっぷしてしまいました。

風に吹《ふ》かれて、あたりの木の葉がかさこそと音をたてます。さっきまで、山火事のなかにいたのが嘘《うそ》のような、静かな時間でした。

待ちなさいよ。

待ちなさいよ。謝りなさいよ。

心のなかでそう叫《さけ》びながら、ただがむしゃらに追いかけていたイタチさんの背中。炎《ほのお》の照り返しを浴びながら、波打ち、しなり、ひらりひらりと岩をつたい、小川を飛び越《こ》え、木々のあいだに見えかくれするその姿は、やっぱり、美しいのでした。その美しい毛並みの背中を、とらえたら……、地面に組みふせて、泥《どろ》だらけにしてやりたい。知ってるんだから。いつもいつも、わたしのことを、鼻で嗤《わら》って……。

しばらくして、目を開けると、泉に明るい月がうつっていて、キツネさんはそこに自分の顔を見ました。見たことのないどうぶつのような、間の抜《ぬ》けた顔です。ヒゲが全部焼けてなくなってしまって、じまんの毛並みも、焼《や》け焦《こ》げ、縮れて、ばさばさになっています。あちこちにひっかききずもできているし、泥《どろ》やすすで真っ黒です。風邪《かぜ》のせいか、顔がむくんで、目も輝《かがや》きをうしなって、どんよりとしています。

キツネさんは、がっかりしてしまいました。

（こんな姿を、見られた。イタチさんに）

（こんなみっともない姿を。イタチさんに）

キツネさんは、つっぷしたまま、そんなことをいつまでもいつまでも考えていました。
空には、月が、なにごともなかったかのように、浮《う》かんでいました。

＊　＊　＊

朝まだき、焼け跡《あと》となった森の広場に、まずクマさんが戻《もど》ってきました。火事は、クマさんたちの森を焼きつくし、まだなおどこかで燃えているようです。すっかり変わってしまった森の景色のなかに、疲労困憊《ひろうこんぱい》し、憔悴《しょうすい》した顔で、クマさんはすわりこみました。

あたりがだんだん明るくなっていくなかで、だれかが広場に来て、すこしクマさんと話して、またどこかへ去っていく、ということが繰《く》り返されました。

だれかはおおきかったりちいさかったりしましたが、みな一様に憔悴《しょうすい》した顔で、あるひとは泣き、あるひとは怒りながら、クマさんや、そのとき居合わせたほかのひとたちと話し、抱《だ》き合ったり罵《ののし》り合ったりし、そのあと、うなだれてとぼとぼと、または涙《なみだ》をぬぐって走り去っていきました。

「じゃあ、今年独立したこどもたちは」

だれかがカケスさんに訊《き》きました。そこにいたほかのどうぶつたちも、みなカケスさんのほうを見ました。

「全滅だよ」

カケスさんがどこか投げやりな調子で答えました。

「なんだその言いかたは」

「カケスてめえただ見てたのか」

いつも陽気にしゃべっているカケスさんが、だれも見たことのないような目つきでそのひとたちをにらみました。

「あたしに八つ当たりしないでくださいよ。あたしにどうしろっていうんですか」

「まあまあみなさん」

クマさんが割って入りました。

「生きのびたひとが、どちらに逃《に》げたとか、そういう情報を寄せてくださるのはありがたいことです。カケスさん、炎《ほのお》の上を飛ぶのは熱かったでしょう」

みな、はっとしてカケスさんのほうを見ました。

「ええ血も涙《なみだ》も枯《か》れましたよ」

そんなことを言うそばから、カケスさんの目からは、大粒《おおつぶ》の涙《なみだ》がこぼれて落ちました。

「もうあたしは行きますよ」

「はい。どうもありがとうございました。カケスさん。どうぞお気をつけて。お元気で」

「はい。クマさんも。みなさんも。では」

カケスさんは飛んでいきました。

「なんだカケスのやつ」

だれかが言いました。が、だれもなにも答えませんでした。

「会長さんは、どう責任をとるおつもりですか」

だしぬけに声がしました。

みな驚《おどろ》いてそちらを見ました。アライグマさんの奥《おく》さんでした。

「はい？」

返事をしたクマさんに、アライグマさんの奥さんは、どこか挑《いど》むような調子で言いました。

「火事は、にんげんのせいだとしても、避難《ひなん》しきれなかったひとがいるのは、森を統《す》べる会長さんの責任ではないのですか。亡くなったひとたちにたいして、どう責任を?」

クマさんは静かに答えました。

「わたしは、皆《みな》さんから、お願いしますと言われて、会長をやらせていただいています。自分の生活をしつつ、できる範囲《はんい》で森のことに協力させていただいているだけのことです。責任のあるひとがいて、自由なひとがいる、という考えかたはやめていただきたいと思います。わたしは、皆《みな》さんの保護者ではない。ご自分のことはそれぞれで責任を持っていただきたいと思います」

「あなたは」

アライグマさんの奥《おく》さんはクマさんをにらみつけました。

「主人とおつきあいがあったのでしょう。主人の口添《くちぞ》えで会長に就任されたと聞きました。

そのあなたがそんなふうに責任を放棄《ほうき》するのですね」

クマさんは、だまって、ただ悲しげな目でアライグマさんの奥さんを見ました。

「じゃあ、主人は入院中でしたから、病院の責任ということでかまいません。だれに言えばいいのでしょう」

アライグマさんの奥《おく》さんの声はだんだん高くなりました。

「やっぱり院長のヤギ先生でしょうか。ヤギ先生はどちらに逃《に》げたのでしょう。被害者《ひがいしゃ》として、責任を追及《ついきゅう》し続けることが、主人への愛のあかしだと思うんです」

だれもなにも答えませんでした。答えないまま、ひとり、またひとりと、その場を去っていきました。

「焼け死んだ主人の苦しみを、だれもつぐなわないのでしょうか。そんなことが正義なんでしょうか。わたしは、絶対に忘れない。絶対に復讐《ふくしゅう》します。ひとりでも」

アライグマさんの奥《おく》さんの声が続いていました。

音のたまる場所

ウサギさんは、走って走って、火事の森をなんとか抜《ぬ》けました。どちらに逃《に》げたらいいかもわからずに、やみくもに走って抜《ぬ》けられて、幸運だったとしか言えません。ただもう走って、抜《ぬ》けてからも走り続けて、乾《かわ》ききった鼻先に、耳に、ふれる風が、冷たいと感じて、ウサギさんは立ちどまりました。

(炎《ほのお》が、ない)

渦巻《うずま》き、逆巻いて、猛《たけ》り狂《くる》う炎《ほのお》が、見当たらない。空気が、熱くもない。そう思ったら、からだじゅうの力が抜《ぬ》けてしまいました。急に、からだが重くなって、今まで走って

いたことが信じられないくらいに動けなくなってしまいました。

（よかった）

真夜中で、真っ暗で、そこがいったいどこなのかもわからなくて不安でしたけど、とにかく茂《しげ》みらしいところをさがして、ウサギさんは倒《たお》れこみました。

（おかあさん）

倒《たお》れて、目を閉じて、おかあさんを思いました。暗闇《くらやみ》のなかに、おかあさんが向こうを向いて立っています。呼んだら、おかあさんって呼んだら、こっちを向いてくれるかな。呼ぼうかな。やめたほうがいいかな。用もないのに呼んだら、いやな顔されるかな。どうしようか。迷っているうちにウサギさんは、いつか眠《ねむ》りに落ちていきました。

ウサギさんは、夢をたくさん見ました。

どどどど。

走っている自分がいます。

ずしん。ずしん。ずしん。

なにかおおきな怪物《かいぶつ》が近づいてきます。

ウサギさんは、怖《こわ》くて、怪物《かいぶつ》から逃《のが》れようと、すこしでも離《はな》れようと、必死で走ります。

どどどど。

ずしん。ずしん。ずしん。

どん。

かしゃーん!

なにやってるの!

あれ? この声は。

怖《こわ》いのは、怪物《かいぶつ》じゃなくて？

おかあさん？

おかあさんなの？

おかあさん、どこにいたの？　火事になって、ぼく。

そうだ、火事。

ごおおおおおお。

ばきっ。ばきばきばき。

なにか落ちてくる。怖《こわ》い。怖《こわ》い。

怪物《かいぶつ》だ。やっぱり、怪物《かいぶつ》が。

ばさばさばさ。

ウサギさんに、とつぜん翼《つばさ》が生《は》えて、羽ばたいて、それで、怪物《かいぶつ》から逃《のが》れることができました。

が、

（ちがう！）

と、ウサギさんが強く思ったら、そこで夢からさめました。

（ちがうよ、翼《つばさ》なんて生《は》えるわけない）

と、起きぬけの頭でぼんやり思ったウサギさんは、また、どどどどど、という音にびっくりして、はっきりと目がさめました。音はそれだけではありません。

がさがさがさ。がさがさがさ。

ごおん。ごおおん。ごおん。ごおおん。

こんこんこんこんこんこんこん。

どすんどすん。どすんどすん。

おはよう。

おはよう。

ばさばさばさ。

ごはんごはん、ごはんまだ？

はっくしょーん。

まあなんというさわがしさでしょう。あの悪夢はたぶんこの音や振動《しんどう》のせいだと思われます。でも、あたりにはだれもいないのです。

ウサギさんのいるところは、崖《がけ》の下でした。崖《がけ》とはいっても、それほど高くはありません。ただ、横におおきくひろがっているのです。そこに生《は》えていた、ミントに似た香《かお》りのする枯《か》れかけたやぶにウサギさんはもぐりこんでいたのでした。それにしても、

どっしーん。
どんどん。どんどん。
おはよう。
おはよう、さむいね。
がさがさ、ぱきっ。
どたどたどた。
どうしたの?

ひじょうにさわがしい場所なのです。ウサギさんは、もしかしたらなにかの理由で自分

の耳がおおきくなりすぎて、音をひろいすぎているのではないかと、耳をなでてみました。でもいつもどおりです。


ずしん。ずしん。ずしん。

がさがさ。ざざざざざ。がさがさがさ。

ゆうびんでーす。

わあん。わああん。わあああん。

かつん。かつん。かきん。かきん。

ねえ、どうしたの？


はっとしました。話しかけられてる？　あたりを見まわしました。

「上よ」

崖《がけ》の上で、ひとりのウサギがのぞきこむようにしています。リボンをつけています。女の子のようです。

「なにしてるの？」

「あっ、ええと」

崖《がけ》の上のウサギは小首をかしげて、

「この森のひとじゃないよね。ここに来るの初めて？」

と訊《き》きました。

「あっ、うん。えっと、南、南の森から、来たんだ。あの、火事になって」

「ああ、あの火事ね。まだ燃えてるみたいね」

そう言われてウサギさんは暗い気持ちになりました。ブタさんは、どうしただろう。あれからだいじょうぶだったろうか。


でも、そんな会話をしているあいだも、いろんな音が聞こえてくるのです。ざわざわわいわいがさがさどんどん。ウサギさんの頭はがんがんしてきました。

「ねえ、そこ、音がたまる場所なの」

崖《がけ》の上のウサギが言いました。

「音がたまる場所？」

「そう。なんか、森のなかの音を、崖《がけ》で受けとめちゃってるみたい。あと、なにかに反射したり、岩盤《がんばん》とかを伝わってきたりして、ぐうぜんここに集まっちゃうみたいなの」

「そ、そうなの」

「そこにいると、頭がおかしくなっちゃうよ。ここらへんのウサギは、ぜったいそこには近寄らない。あがっておいでよ」


そう言われて、ウサギさんは、崖《がけ》の上のウサギが教えてくれたとおりに、あがりやすい場所から、はいあがりました。いちめんの原っぱにヒースが生《お》い茂《しげ》っています。紫《むらさき》色や赤紫《あかむらさき》色や枯《か》れ草《くさ》色が目に飛びこんできて、とたんに、いろいろな音や声や振動《しんどう》が消えて、ウサギさんはおもわず、おおきく息をつきました。

「はあ。あ、ど、どうもありがとう」

「ここで寝《ね》てたの？」

「うん」

「よく寝《ね》られたわね」

「あ、う、うん。そうだね」

「火事で、おうちが焼けちゃったの？」

「うん」

「これからどうするの？」

そう言われてウサギさんは途方《とほう》にくれました。だって、逃《に》げてきて、疲《つか》れて、ここで寝《ね》てしまって、今さっき起きたばかりなんです。どうするかなんてまったくわかりません。ウサギさんは困って、だまりこみました。

「行くあてはないの？」

「……うん」


さきほどから気になっていたのですが、その女の子ウサギは、じっとウサギさんの目をのぞきこむようにして話すのでした。そんなふうにされるとウサギさんはうろたえてしまって、目も合わせられなくて、うまく考えをまとめることも、しゃべることもできないのでした。もともと、ひとと話すのは苦手なウサギさんなのです。

自分に自信があるんだな、と、なんとなく思いました。こんなふうにひとの目を見ることができるひとっていうのは、きっと、みんなに愛されてて、愛されるのが当然って思ってて、怖《こわ》いものなんか、どこにもないんだろうな、と、なんとなく、そんな考えが心に浮《う》かびました。

「……聞いてた？」

「えっ？」

「だからね、ここにすむつもりがあるなら、森の長老さんのところへ連れてってあげるけど？　って言ったの」

「えっ、ほんとう？」

「どこか、ほかにもさがしてみたい気持ちもあるかもしれないけど、もう冬だし」

「うん」

「この森、ウサギ多いの。ウサギにとってすみやすいんだと思うの。ほかのところに行ったことないから、わかんないけど」

「うん」

「長老さんは、シカさんなの」

「そうなの」

「……」

「……」

「どうするの？」

「えっ、あっ、よろしくお願いします」

「じゃあ、ついてきて」


さっさと先に立って行ってしまいます。ウサギさんはあわててあとを追いかけました。すこし、今まですんでいた森とは、様子がちがう気がします。針葉樹が多くて、しんとしていて。空気が澄《す》んでいる気がするのは、朝だからでしょうか。すこし寒いからでしょうか。ちくちくと足のうらにささる、しめった落ち葉、それを踏《ふ》みしめるたびに立ちのぼる、つんとしたにおいをかぎながら、

（この森に、すむのかな。これから）

と思うと、ふしぎな気がしました。

新しいおうち

だんだん岩場が多くなってきました。女の子ウサギは岩から岩へ跳《と》んで、上へ上へとあがっていきます。ウサギさんは岩場には慣れていなかったので、いっしょうけんめいついていきました。つたが幾重にもからまった岩の上に、どっしりとした、修道院のようなおうちがありました。

女の子ウサギは、その前まで来て、ウサギさんのほうを振《ふ》り向いて、

「ここよ」

と言いました。そして、

「じゃあね」

と、きびすを返しました。

「えっ」

と、ウサギさんがうろたえると、また振《ふ》り向いて、

「おばあちゃんのおうちに、朝ごはんをつくりにいくところなの。長老さんとのお話までつきあってたら、遅《おそ》くなっちゃうから」

と言って、また背を向けて、行ってしまいました。

「あ、そ、そうなの。どうもありがとう」

と、ウサギさんはあわてて言いましたが、もうだいぶ遠くまで行ってしまっていて、聞こえたかどうかは、わかりませんでした。


どっしりとした石の門に、厚い木の扉《とびら》。よく響《ひび》く呼《よ》び鈴《りん》を鳴らしながら、

（あっ。名前を訊《き》いてなかった）

と、ウサギさんは思いました。この森にはウサギが多い、と、たしか言っていた。今度会ったとき、わかるだろうか。白いリボン。ちょっと早口の、特徴《とくちょう》のあるしゃべりかた。相手の目をのぞきこむようにするくせ。漆黒《しっこく》の瞳《ひとみ》。思いだしていると、なにか、心がざわつくような気持ちになりました。

出てきたひとは、おばあさんのシカでした。

「あの、ぼく、この森にすみたいんですけど。あの、えっと、女の子のウサギに案内してもらって。あの、白いリボンを、つけてた子なんですけど」

と言って、あとをどう続けようかと思っていると、

「すこし、お待ちくださいませね」

と言って、そのおばあさんシカは、扉《とびら》を閉めて、また戻《もど》っていきました。

すこし、というか、だいぶ待ったような気がします。

今のひとが長老さんなのかな。ウサギさんは思いました。そんな感じではなかったけど。でも、ああそれより、またやってしまった。もっと、すじみちを立てて話をするべきだった。ちゃんと「初めまして」とか、「朝早くからすみません」とか、あいさつもするべきだった。ぼくはいったい、あのおばあさんシカになにを言ったのか。

ウサギさんが例のごとく落ち込《こ》みかけたところで、また扉《とびら》を開けたのは、若い、はつらつとしたシカでした。

「お待たせしました。近くに空き家がありますので、案内します」

と言って、さっさと先に立って行きます。ウサギさんはあわててあとをついていきました。

シカさんとウサギさんでは、足の長さがぜんぜんちがうので、ついていくのはけっこうたいへんでした。それでもがんばって、ウサギさんは、その若いシカさんに話しかけました。

「玄関《げんかん》の扉《とびら》を、開けてくれた、あの、えーと、ご年配の、女性のかたが、長老さんなのですか？」

おばあさんシカ、と言ってしまうのは失礼かもしれない、と思って、そんなふうに言ってみたのに、

「えっ？　あのおばあさんのことですか？　ちがいますよ」

と、その若いシカさんに返されました。

「あのひとは長老さんの奥《おく》さんです。ぼくは、今のお世話係です」

「えっ？　今の？　お世話係？」

「そうです。時期が来たら、次のひとに交代します。もし、気に入ってもらえたら、もうすこしやってくださいって言われるかもしれないけど」

「そうなんですか」

「〝お礼〟が、もっともらえるなら、やってもいいけど。今と同じだったら、しないかな」

「おれい？」

「そう。食べものだったり、お金だったり。あ、お金っていうのは、ここでは、塩のことなんだけど。

　塩は、長老さんの家の裏でしかとれないんだ。岩塩っていって、おおきな塩の塊《かたまり》の岩があってさ、長老さんは、それを管理してるんだよ。岩塩はね、なんでも好きなものと交《こう》換《かん》できるんだ。自分の欲しいものを持ってる相手がいて、自分が岩塩を持ってるとしたら、相手がその岩塩の数とかおおきさで納得してくれれば、交換《こうかん》できるってわけだよね」

「そうなんですか」

「塩は、すべての生きものに必要なものでしょう」

「そうですね」

必要かもしれないけど、たくさんあってもしょうがないかな。あ、好きなものと交換《こうかん》できるなら、たくさんあったほうがいいのか。ウサギさんは、めまぐるしく考えました。

火事で焼けてしまった森にも、お金のやりとりがあったのかもしれませんが、ウサギさんは結局、そういったことにはふれずじまいでしたので、お金について考えるのは、これが初めてでした。たぶん、お世話のお礼に岩塩の塊《かたまり》が渡《わた》されて、この若いシカさんは、それで食べものやなにかを手に入れて……。そうか、自分のうちに岩塩の塊《かたまり》がたくさんあったら、なんとなく安心するだろうな。

「長老さんは、やっぱり、だいぶ、その、お歳《とし》を召《め》してらっしゃるんですか？」

と、訊《き》いてみると、その若いシカさんはふきだしました。

「お年寄りだよ。かなりね。おもしろい言いかたするよね」

「そんなおおきな岩塩の管理をしてるなんて、たいへんですよね」

「ええ？　たいへんって？　たいへんなわけないじゃん。塩を切りだすのは使用人だし、長老に選ばれてなるだけで、億万長者だよ？　いいじゃん」

管理って、そういう意味ではないんだけど、とウサギさんは思ったのですが、うまく言えそうになかったので、やめました。


案内された家は、かなりりっぱなものでした。前に住んでいた、自分でつくった家を思うと、信じられないような気持ちがしました。

「いいんでしょうか、こんなりっぱなおうち」

「いいんじゃない。運がよかったってことで」

「あの、長老さんに、ごあいさつとか、お礼とか……」

「うーん。長老さん、たぶん会わないよ。いつも今日みたいな感じ。たいてい、おばあさんとぼくが対応するから。言っとくよ、お礼言ってたって」

「よろしくお願いします。おにいさんも、案内してくれて、ありがとうございました」

「おにいさんってぼくのことだよね。ほんとおもしろいよね。きみ、ウサギたちのにんきものになると思うよ」

ふと、あの女の子ウサギのことを思いだしました。おばあちゃんのおうちに、朝ごはんをつくりに行くところだと言っていた。おばあちゃんから、お礼をもらうんだろうか。

ウサギさんはとりあえず、あたらしいおうちのそうじを始めました。台所で見つけたぼろ布で、ほこりをはらって、かべにかけてあったほうきで床をはいて、ぼろ布をぬらしてしぼって、テーブルやいすや、そのほかいろいろな家具を拭《ふ》いて。

そうしていると、ときどき窓の外からそっとうかがうような気配がありました。床《ゆか》を拭《ふ》いていたりしていて、ふと気づいて顔をあげると、さっと身をひるがえして去っていきます。

そうか、と、ウサギさんは思いました。

そうか、自分の家の近所にどんなひとが越《こ》してきたか、気になるよな。前の家は、森のなかの空いている場所に勝手につくって、だれにもなにもことわらずに、住みはじめてしまったけれど、しばらくしたらクマさんがたずねてきて、「こんど集会があるからおいでなさい」と言ってくれて、みんなの前で紹介《しょうかい》してくれた。きっと近所のだれかがクマさんに言ったのだろう。もうしばらくしたら、ブタさんがたずねてきて、パウンドケーキをおいていってくれた。そうか、自分の家の近所に来たひとがどんなひとなのか、すこしでも知っておきたい、すこしでも話して、心をゆるせるひとかどうか知りたい、相手にも、自分に心をひらいてほしい、そう願うものだろう。

ぼくは、勝手だったな。そう思ってウサギさんは赤くなりました。どこでも場所を見つけて住むのは、自分の自由だろうなんて思っていた。住むことは、自由かもしれないけれど、周りのひとへ思いやりをもってしなくちゃいけないのだろう。自分のことなんて、だれも気にかけないだろうと思ったけど、そうじゃない。周りに思いやりをもたないのは、ただの勝手で、自由というのとはちがうのだろう。

ウサギさんはそんなふうに思って、そうじがだいたいすんだところで、身ぎれいにして、ご近所にあいさつにまわりました。いろいろなどうぶつがいました。にこにこと「よろしくね」と言ってくれるひともいれば、ふんという顔をしてろくに返事もしないようなひともいました。そういうときはもちろんウサギさんはがっかりしましたけど、目につくおうちをひととおりまわったら、やるべきことをやった気がしてさっぱりしましたし、どんなひとがご近所にいるかわかったほうが安心するなと思いました。ふんという顔をするひととはなるべく関わらないようにすればいいのです。ご近所のひとには、これからなにかとお世話にならなきゃいけないわけですから、そういうことも、知っておいたほうが、いいじゃないですか。

帰ってきて、ひとりぶんのお茶をいれて飲みました。さっぱりと片づいた部屋のなかを見まわしてこれからの生活を思いました。テーブルも、ベッドもあります。お茶のポットや食器や、たきぎもすこしありました。今飲んでいる紅茶も棚《たな》のなかに残されていたものです。いつのものかわからなかったけれど、いれてみたらいい香《かお》りがしました。食べものや、そのほか必要なものは、すこしずつ近所のひとに訊《き》いて、取っていい場所や、手に入れる方法を知っていけばいい。そう思ったら、なんだかほっとしました。ベッドに横になってみました。すばらしい寝心地《ねごこち》でした。

でも、すぐにウサギさんは起きあがって、ベッドのはしにすわりました。こんなにやわらかいベッドで寝《ね》ているのが、申し訳ないような気がしたのです。

ブタさんは、今ごろどうしているだろう。やけどを負ったりしていないだろうか。逃《に》げのびただろうか。ウサギさんは、ぎゅっと目をつぶりました。ぼくは、ブタさんを連れて逃《に》げるべきだったんじゃないだろうか。自分だけ逃《に》げて、自分だけ、こんなやわらかいベッドを手に入れて。お茶なんて飲んで。

ブタさんが、手づくりのパウンドケーキを持ってきてくれたから、ぼくは今日、ご近所にあいさつにまわることができたんだ、そう思いました。

自分の生活に関《かか》わるひとたちに、あいさつすること、なんらかのはたらきかけをしてみること、そうだ、さっき、案内してくれたシカさんに、ぼくは、自分から、話しかけた。以前のひっこみじあんのままのぼくだったら、最後までだまりこくっていたにちがいない。ありがとうすら、言えたかどうか。話しかけたことで、この森について情報を得られた。長老さんのこと。岩塩のこと。

今思えば、ぼくからあいさつに行くのが当然だったのに、ブタさんは自分から来てくれた。卒業パーティにも誘《さそ》ってくれた。みんなに紹介《しょうかい》してくれた。ブタさんがそんなふうに接してくれたから、ひとと関わることが、前ほど怖《こわ》くなくなったんだ。

やさしい目で、相手を見ること、にっこりすること、思いやること。それらを教えてくれた、というのは、まるで……、いや、たぶんそうだろうって思うだけだけど、おかあさん、のような。

おかあさん。

ぼくの、ほんとうのおかあさんは、いつも、ぼくに背を向けていた。背を向けて、顔をそらして、耳をぴんと立てて、それが、なんとなくこちらを向いている……おかあさんを思いだすときはいつもそんな姿が浮《う》かんだ。つらくて、忘れようと思って、忘れたつもりだったけど、火事にあって（死ぬかもしれない）と思った瞬間《しゅんかん》に、心に浮《う》かんだのはやっぱりその姿だった。

おかあさん。
おかあさん。
おかあさん。

おかあさんは、ぼくを捨てたのか。それとも、もういちにんまえと判断して、独り立ちさせたのか。

会って、たしかめたい。そのふたつは、全然ちがう。ぼくは、ずっと、ふたつの疑問のあいだをぐるぐる回っているだけだ。

たしかめたい。生きのびて、どこかでおかあさんに会って、たしかめるんだ。

それだけを考えて火事のなかを走った。

でも。

でも、たしかめて、ぼくは、どうするのか。例えば、独り立ちさせたのだとわかったら……、おかあさんと抱《だ》きあって、涙《なみだ》を流して誤解《ごかい》をわびて？　それから？　今までの歳月はなかったかのように、ふたりは仲の良い親子になるのか？　ぼくの苦しみは、消えるのか？

いいえ、捨てたのよ。

おかあさんの声で、そんな言葉が頭のなかに響《ひび》きました。すうっと目の前が暗くなって、心臓になにか冷たいものがささったような気がしました。

新しい仲間

ノックの音が聞こえました。ウサギさんはドアを見ました。どこにいるのか最初はわかりませんでした。（ああ、新しい家だ）半分ぼんやりしたまま立って行ってドアを開けました。すると。

ずらりとウサギがならんでいました。「えっ」と、ウサギさんはびっくりしました。まぼろしを見ているようでした。ちょうどおかあさんのことを考えていて、目の前におかあさんがいたら、と思っていたので、その自分の思いが頭から流れて出て、まぼろしを見せているのかと、一瞬《いっしゅん》思いました。

でも、もちろんちがいました。ウサギたちはひとりひとり毛色もちがいましたし、顔つきもちがいました。ウサギさんはそのなかに白いリボンを見つけました。今朝、長老さんのところに案内してくれた女の子ウサギです。ウサギさんはなんとなくほっとしました。

「こんにちは」

いちばん前にいたウサギが言いました。

「こ、こんにちは」

「あの子にきいたんだけど、」

と、その白いリボンの子のほうをしめして、

「火事にあって、逃《に》げてきたんだって？」

「う、うん」

「そう。けがはしてない？」

「う、うん。だいじょうぶ」

「ここに住むことに決めたの？　あ、長老さんとこから知らせてくれたんだけど」

「うん。よ、よろしく、お願いします」

「よろしくね。これ、差し入れ。なにもないでしょう」

と、手に持っていた袋《ふくろ》をちょっと開けてさしだしました。なかには、くだものや、おいもや、干し草などが入っているようです。

「えっ。あ、ありがとう」

「うん。あとでいろいろ案内するよ。あ、ぼく、アマランサスっていうんだ」

「ぼくは、ウールー」

となりのウサギが言いました。

「キャラ」

「スノーウィ」

「リィリィ」

「チカ」

男の子たちがくちぐちに名のります。

「そんなにいっぺんにおぼえられないよね」

と、だれかが言って、みな笑いました。ウサギさんも笑いました。

「ほかにもいるけど、声かけてとりあえず集まったのがこれだけ」

あの白いリボンの子は、なんて名前なのかな、と、ウサギさんは思いました。でも、女の子ウサギたちは、だまったままです。ねえ、今朝はありがとう。きみの名前はなん……。

「きみ、名前なんていうの」

アマランサスと名のったウサギが訊《き》きました。

「えっ」

頭のなかに思っていた言葉を、逆に投げかけられて、ウサギさんはとまどいました。

名前。そうです。ここでは、あまりにウサギが多いので、前の森での「どこそこのウサギさん」というような呼びかたでは通用しないのです。

ウサギさんは思いました。名前。おかあさんに呼ばれた、あの名前。あれは、だめだ。あの名前で呼ばれたら、叱られるような気がして怖《こわ》くなる。名前。なにか、名前を。

ウサギさんはいっしょうけんめい考えました。ぐるぐる考えてふと思いついたのは、白いブタさんのエプロンでした。

「フ、フリル」

「フリル？　フリルって名前なの？」
「うん」
「女の子みたい」
「いっしょじゃん、フリル」

なんと〝音のたまる場所〟で知り合った、白いリボンの女の子ウサギとおなじ名前なのでした。みんなの声や視線をうけて、女の子ウサギのフリルは、ちょっと顔をあげました。ウサギさんはその視線をとらえたくて、見つめていましたが、フリルはこちらをしっかりと見ようとはせずに、すぐに目をそらしてしまいました。

今朝は、あんなにのぞきこむようにしたのに、と、ウサギさんはがっかりしました。

フリル。あの女の子ウサギとおなじ名前。自信に満ちて、だれからも愛されてて、たぶんそれを当然と思ってる。おばあちゃんのごはんをつくりに行くと言ってた。おかあさんにも、おばあちゃんにも、きっととてもかわいがられて育った、フリル。

ぼくだって。

「う、うん。フリルって、いうんだ、ぼくの名前。ぼくのおかあさん、変わったひとで」

ウサギさんはしゃべりはじめました。ぼくだって。かわいがられて。

「女の子が、欲しかったみたいなんだ。あ、ウサギはさ、こどもたくさん産むけど、ぼくのおかあさん、からだが弱くて、ひとりしか産めなくて」

事実とはちがうことが、すらすら口から出てきます。

「ぼくらとっても仲良かったんだ。あの火事ではぐれちゃったけど、なんだかここで会えるような気がするんだ。いなかったかな、あの火事で逃《に》げてきたウサギの女のひとは」

「うーん。さあ」

「ぼくとおかあさん、ほんとに仲良かったんだ。火事のときも、だいぶさがしまわったんだけど、見つからなくて……。しかたなく逃《に》げてきたけど、心配でしかたないんだ。ほんとに、さがしたんだ。おかあさん、どこ？　って、なんども、呼んで」

とまらないウサギさんのおしゃべりに、みんなすこし、あっけにとられています。

「うん。わかったからさ、森の長老さんにも言って、それらしいひとがいたらすぐ教えてもらえるようにしとくからさ」

「心配よね」

「わかるわかる」

と、賛成している女の子のとなりでささやく女の子がいました。

「もう独り立ちしてるはずよね」

この森のルールや、危険な場所や、食べもののありかなどをざっと教えてくれてから、ウサギたちは帰っていきました。その頃《ころ》から、空には濃《こ》い灰色の雲がわいてきていて、冷たい風が吹《ふ》きだしたと思ったら、夜には雪が降りだしました。

ウサギさんにとって初めての雪です。

新しいおうち。新しい仲間。初めての雪。そして。

嘘《うそ》を、ついた。

暗闇のなかに舞いおどる、ふしぎな白いものを見つめながらウサギさんは思いました。

フリル。ぼくの名前は、フリル。これから、ずっと。
まわりのだれからもかわいがられて育った、フリル。
火事ではぐれてしまった、仲良しのおかあさんをさがしている、フリル。

前の森でも、ほんとうの名前はつかわなかった。生い立ちも、だれにも話したりしていない。だから、だいじょうぶ。ほかにだれかこの森に逃《に》げてきたとしても、おかしいと思うひとは、いないはず。ただ。

もし、おかあさんが、この森にいたら。

それを思うとウサギさんの心はざわつきました。嘘《うそ》が、ばれる。仲良しでもない、火事ではぐれたわけでもない。フリルという名前でもない。

いいんだ。おかあさんがもし、この森にいたら、こんどは、ぼくが、おかあさんを、捨てる。なにを言っても、聞かない。なにを言ってるんですか。あなたはぼくのおかあさんなんかじゃない。ぼくのおかあさんは、もっとすてきなひとです。

なんて、そんなこと言えるわけがない。ひとにらみ、ひと声で、きっと身がすくんでしまう。あの名前で、きつい調子で呼ばれる。そしたら、きっとなにも考えられなくなってしまう。ちいさいぼくにもどってしまう。

ウサギさんは、窓のそとの吹雪《ふぶき》を見つめながら、ずっとそんなことを繰《く》り返しくりかえし思っていました。目を閉じると、暗闇《くらやみ》のなかに、向こうを向いて立っているおかあさんの姿が浮《う》かびました。

風の音が、フリル、フリル、と聞こえました。ウサギさんは目を開けました。白い世界が目の前にありました。

いいんだ。ここで、フリルという名で、生きていく。

四日目に吹雪《ふぶき》はやみました。雪は初めてでしたし、家のなかは快適でした。でも、三日も続くと、雪景色を窓から見ているのも、家のなかにいるのも、いいかげん飽《あ》きてきましたし、このあいだ、この森のウサギたちが分けてくれた食料も残り少なくなってきていて、ウサギさんは心細くなってきていました。

朝、きれいに晴れわたった空を見て、とりあえず食べものをさがしに行こうと、ウサギさんがしたくをしていると、ノックの音がしました。「はい」と返事をしてウサギさんがドアを開けると、男の子ウサギたちが立っています。アマランサスと、ウールーと、ええとたしか、リィリィと、チカ。

「よう、フリル。元気か」

「足りないものがあるんじゃないの？」

「来てすぐに雪が降りだしたもんね」

「食べもののある場所とかもうすこし教えてやるよ」

と、くちぐちに言います。ウサギさんは驚《おどろ》いたのとうれしいのとであわててしまいました。

「あ、ありがとう。あっ、この前も、いろいろ分けてくれてありがとう。ぼく、雪って初めてで、びっくりした。あ、さ、寒いから、とりあえずなかに入って、えっと、お、お茶でも飲んでから行く？」

みんなきょとんとして、それから笑いだしました。

「いいよお茶なんて」

「すぐ行こうよ」

「女の子みたいに、したくがどうとか言わないよな」

「おもしろいなあ、フリルって。よくしゃべるよな」

「ひゃっ」

ウサギさんが雪の冷たさにびっくりするのを見て、みんなで大笑いしました。

「冷たいんだね」

「冷たいよね」

チカというウサギが言いました。なんだかくすぐったいようで、ふたりでくすくす笑いました。

「かんじきっていうのつくってはくんだ。こんなの」

リィリィが足をあげて、足のうらにくくりつけた輪っかのようなものを見せてくれました。

「足がしずまなくて、あるきやすいよ。すぐにできるよ。おしえてあげる」

「へえ。ぼく初めて見たよ。ゆ、雪もすごいよね。ぜんぶ真っ白になって」

「毎年こんな雪だよ。じきにうんざりするよ」

アマランサスが言いました。

「去年しか見てないくせに」

ウールーが言って、またみんなで笑いました。アマランサスはひとつ年上のようです。

ウールーもでしょうか。どうもそのようです。リィリィとチカはウサギさんとおなじ歳《とし》まわりのようです。

それにしても、あたりの景色がすっかり変わってしまっています。いちめん真っ白です。その上にみんなで新しい足跡《あしあと》をつけながら歩いていくのは、それだけでなんだかわくわくしました。おなじ気持ちで笑い合いながらウサギたちはかけていきました。


「野菜をさ、キャベツとか、にんじんとか。なんでもいいんだけど」

「うん」

「雪に埋《う》めておくといいんだよ」

「へえ」

「長もちするしさ。あとさ」

「すっごくあまくなるんだよ！」

「そうなんだ」

「うん。でも、ぬすまれちゃうといけないから」

「埋《う》めるところは気をつけないとね」

「窓の外がいいよ、まどのそと！　うちのなかからよく見えるところ」

「そうか。そうだね」

ウサギたちは、初雪の興奮と、冬を迎《むか》えた緊張《きんちょう》感で一体になって、すぐに仲良くなりました。吹雪《ふぶき》がやむたびに、連れ立って食べものをさがしに行きました。あと何日分くらいあるか尋ねあっては、残りの少ないウサギに食べものをゆずってやったりしました。

ときどき、ほかのウサギのグループが遠くにいるのが見えたり、あるいは呼びかけあっていっしょになったりしました。そんなとき、ウサギさんはひやりとする視線を感じることがありました。

(ほら、南の森の)

(ああ、火事の)

(火事から逃《に》げてきた)

だいたいそんな会話が聞こえます。そして、申し合わせたようにいつもそのあとは静かになって、なにか、目くばせをするような気配が感じられるのです。だからどうだということは言われたことはありませんし、もちろんウサギさんのほうから「だからなんですか」なんて尋《たず》ねたこともありません。ただ、ちいさいころにもこんなことがあったな、と思っては、その声のするほうに背を向けて、息をつめて時間をやりすごすのでした。

いつもいっしょの仲間たちは、じきにそれに気づいて、「フリル、あっち行こうぜ」などと言って、なんとなくかばってくれました。アマランサスは、若いウサギたちのなかではリーダーに近い存在のようで、そのグループにいることが、ウサギさんにとってよかったようでした。

ふと、（フリルがそうしてくれたのかな）と思いました。女の子ウサギのフリルが、頼《たよ》りになるアマランサスに、「新入りが来たんだけど、よくしてあげて」なんて頼《たの》んでくれたんだろうか。そうだとしたら、うれしい、と、ウサギさんは思いました。

でも、思ってすぐに、ちりりと胸をさすものに気づきました。

フリルが、アマランサスの名前を呼ぶ。あの白いリボンをゆらして、彼《かれ》に近づいていく。ぼくにそうしたように、まっすぐ目を見て、なにごとか言うんだろうか。

いや、ぼくは見知らぬひとだったわけだから、ずっと知り合いのアマランサスには、もしかして、もっとやさしい、女の子らしいものの言いかたをするのかもしれない。

女の子らしく小首をかしげたり、「お願いね」なんて言ったりするんだろうか。アマランサスは男らしく「まかせとけよ」なんて言うんだろうか。なにかおもしろい冗談《じょうだん》を言ったりして、フリルを、あのフリルを笑わせたりするんだろうか。

ぼくは、フリルと、知り合ったばかりで、でも、ふたりは、生まれたときからおなじ森にいて……。ウサギさんは、すこし、息苦しいような気持ちになりました。

みんなで雪かき

吹雪《ふぶき》のあとは、空気が澄《す》んでいるのか、いつもよりおひさまの光がまぶしいようです。まっしろな雪の照り返しに目を細めながら、いつものようにみんなで食べものをさがしていたときです。

「フリル、いいものがあったよ」

突然《とつぜん》ウサギさんのそばにリィリィが寄ってきてささやきました。

「えっ、なに?」

秘密めかした言いかたに、なんとなく、ウサギさんも声をひそめました。

「なんだと思う?」

チカも寄ってきて、まじめな顔で言いました。

「なんだろう」

ウサギさんは緊張《きんちょう》しました。おもわずアマランサスやウールーのほうを見ました。ほかのひとたちには秘密なのでしょうか。

リィリィとチカもあたりを見まわしました。そしてうなずきあって、ウサギさんに顔を寄せてきました。ふたりとも背中に手をまわしています。まじめな顔で、ウサギさんの目をじっと見つめながら、その手を、そろそろと、前へ。

ウサギさんはどきどきしてきました。ふたりはますます顔を寄せて、上目づかいに、ウサギさんを見つめます。そして、

「おお、いいもの！」

「おー、いーもの！」

と、高々とかかげたのは……、えっ？　日の光がまぶしくて、よく見えません……、ウサギさんが目をこらすと……、なーんだ、ちいさなおいもでした。畑のすみに、掘《ほ》りだされずに残っていたのでしょうか。

「おーいーも！」

「のー！」

リィリィとチカは雪の上にひっくりかえってけらけら笑っています。おたがいの持っていたおいもを放り投げて、それぞれ受けとめました。そしてまた笑い声。ウサギさんはあっけにとられました。それからなんだかちょっとくやしいような気持ちになりました。まじめな顔をしたふたりにすっかりかつがれてしまったのです。


ウサギさんは怒った顔でリィリィにつめよりました。そして、彼《かれ》が持っていたおいもをひったくって、

「なんてことするんだよ！　これは、ぼくの妹だよ！」

と、叫《さけ》びました。あっけにとられたふたりに、おいものてっぺんから指を二本つきだして、ウサギの顔のようにして見せてから、

「おお、いもうとよ！」

と、そのおいもに頬《ほお》ずりしました。

「おーいもー、とよー！」

リィリィとチカはさっきよりも大笑いです。ウサギさんはまじめな顔をつくって、「いもー、とよー！　いもー、とよー！」と、頬《ほお》ずりを繰《く》り返しましたが、リィリィに体当たりされ、チカに引きたおされて、雪の上にあおむけにひっくりかえりました。白い雪の上から青い空に向かって、三にんの笑い声が響《ひび》きました。「ばかだなあ」と年上のウサギたちも笑いました。

妹か。ウサギさんは思いました。思いつきで言った冗談《じょうだん》で、仲間といっしょに笑いころげる喜びにひたりながら、心のどこかがひりひりしました。

「おおい。そこのウサギたち。時間あるか」

畑に残っているおいもをさがして掘《ほ》りだしていたウサギさんたちは、アナグマさんに呼びとめられました。そして、

「集会所までの道が雪でふさがってんだ。雪かきしてくれないか」

と言われました。

「わかりました」

と、すぐにアマランサスが答えました。みな、ぞろぞろとそちらへ行きました。ずいぶん素直に言うことを聞くんだな、とウサギさんが感心しながらついて行くと、そばにリィが寄ってきて、

「お礼がもらえるかもよ」

と、ささやきました。ああ、とウサギさんは、初めてこの森に来たときに、空き家に案内してくれたシカさんの言っていたことを思いだしました。

「食べものかな」

「ぼく、岩塩のほうがいいな」


男の子ウサギたちが道具を順番に受けとっていって、ウサギさんの番になりました。すると、

「あっ。あんたかね、南の森から来たウサギって」

と、アナグマさんが言いました。

「はい」

とウサギさんが答えると、

「このひともだよ」

と、そばで雪かきをしていたタヌキさんを紹介《しょうかい》されました。

「えっ。あっ。そうなんですか」

「ああ。よかったよな、おたがい無事で」

タヌキさんが言いました。仲間のウサギたちは、気づかって、すこし離《はな》れていきました。


「あんた、この冬に独り立ちしたのかい？」

「えっと、ええ、そうです」

ほんとうは、もうすこし早くから独り立ちしていましたけれど、歳《とし》まわりはそうなります。ウサギさんはそう答えました。

「そうか。若いのにしっかりしてんだな。独り立ち組は全滅《ぜんめつ》だって聞いたけどよ」

「えっ」

ウサギさんは絶句しました。聞き違《ちが》いかと思いました。

「全滅《ぜんめつ》って」

「だから、独り立ちしてすぐだったろ。あの火事は。わけわかんなくなって、親んち行ったりしてるうちに逃《に》げ遅《おく》れたんだろ。冬眠《とうみん》してたやつらもだめだったってよ」

「えっと、えっと、そ、それは、だれから、いえ、どなたから、き、聞かれたんですか」

ウサギさんはあせって、パニックを起こしかけました。うまく言葉が出てきません。

「カケスだよ」

カケス。ああ。カケスさん。おしゃべりで、情報通の。そうだ、ブタさんのにおいがどうとか言ってたことがあった。

「ブ、ブタさんは。ブタさんは、無事だったんでしょうか」

「ブタ？　どこの？」

「あっ、えっと、おおきな椎《しい》の木のそばの。お菓子《かし》をよくつくっていた。白いエプロンの」

「ああ。さあなあ。聞いてねえなあ」

「えっ、えっと、じゃあ、オオカミさんは」

「さあなあ。そういや聞いてねえなあ」

あまり話してばかりいるわけにはいきません。タヌキさんは雪かきに戻《もど》っていきました。ウサギさんも仲間のところに戻《もど》りました。

「だいじょうぶ?」

と、チカがそっと聞きました。ほかのウサギたちも寄ってきました。

「う、うん。だいじょうぶ」

と、ウサギさんは答えました。その様子をタヌキさんはじっと見ていました。

雪かきは、たいへんな仕事でした。みんないっぱい汗《あせ》をかいて、へとへとになりました。

「おーい、おつかれさん。お礼を配るから、おいで」

と、アナグマさんはみんなを呼んで、それぞれに、おなじくらいのおおきさの岩塩を配ってくれました。

「わーい」

「やったー」

「乾《かわ》いたところにおいておけよ」

岩塩は半透明《はんとうめい》で、白かったり薔薇《ばら》色だったり、褐色《かっしょく》だったり、きらきらひかったり、見ていてあきませんでした。ウサギさんは見とれていましたが、ふと顔をあげると、そこにタヌキさんがいました。

「あっ。おつかれさまでした」

「あんた、うまくやったよな」

「えっ」

タヌキさんは、悲しげな目をして、

「この森のやつと、仲良くなれて、よかったな」

と、言いなおしました。そして、

「俺《おれ》は、いづらいよ」

と、視線を落としました。

「若いってのは、いいよな。歳《とし》とると、なかなかとけこめないんだ」

わきへ寄せられた雪を踏《ふ》みつけました。

「この森の気候も、あわねえ。寒すぎる。そんで、つい、寒いですねえなんてだれかに話しかけるとさ、文句言うなって目で見られるんだ」
ウサギさんがなにも答えられずにいるままに、ひとりごとのようにそんなことを言って、
「じゃあな」
と、行ってしまいました。

ウサギさんにだって、タヌキさんの気持ちはわかります。でも、たしかに自分はいろいろな点で幸運でした。そのことが、なんだかタヌキさんに対して悪いような気がしました。自分が幸運であることが、タヌキさんに申し訳ないような、行方不明のブタさんに対して感じるのとおなじような気持ちです。罪悪感というのでしょうか。

でも、もしかしたら、この森のひとたちも、罪悪感があるのかもしれない、と、ウサギさんはふと思いました。

自分たちは火事にあってない。幸運なぶんだけ、なにか不運な目にあったひとにほどこ

しをするべきかもしれない。でも、あんまりたくさんはできないし、長いこと面倒《めんどう》見ることもできない。できるだけの範囲《はんい》でしたいけれど、知り合って、ともだちになって、頼《たよ》りにされてしまったら、そういうつもりでいるわけにもいかないかもしれない。

かわいそうなひととは、なるべく深くかかわらないようにしよう。なるべく目を合わさないように、話しかけられたりしないように。

罪悪感をおぼえるけど。しかたない。だって。

自分たちは、なるべく平和で、幸せで、それを当然だと思っていたい。気づかないままでいたい。そこへ不幸な顔を持ちこんで、気づかせないでほしい。不運がこの森にも起こりうるなんて、思いたくない。思ったら、呼んでしまうかもしれない。だったら、不運を持ちこんだのは。

「そんなの不公平だわ」

女の子ウサギの声で、ウサギさんは我に返りました。

「ぐうぜん会ったんだよ、アナグマさんに」

「みんなに通知して、仕事をしたいひとをつのるべきだわ」

「そうよ。不公平よ。ずるいじゃないい。ないしょで仕事して、お礼もらうなんて」

「ずるいってことないだろう」

「ないしょでもないよ」

女の子ウサギたちが通りかかったようです。雪かきでもらったお礼を、だれかが見せたのでしょうか、一部のひとたちだけが得をしたように思って、不満を口にしているようです。

「女子だって仕事をする権利があるわよ」

「女子だって仕事をして、男のひとたちとおなじだけお礼をもらっていいはずだわ」

「そうよそうよ」

雪かきを、男の子ウサギたちと同じくらいにできるかな、と、ウサギさんは思いました。ほかのウサギたちもそう思っているのがわかりました。

「なにか仕事があるでしょう?」

「なにかあったっけ」

「さあ」

「いちばん北の橋が、こわれてたよ」

「ああそういやこわれてた」

「そーんな仕事、できるわけないでしょ！」

「それは男のひとの仕事でしょ！」

「じゃあ、どんな仕事ならするのさ？」

「そうねえ、例えば、橋を直すなら、どのクマさんにやってもらうか決めるとか」

「わかりやすくて見やすい請求書《せいきゅうしょ》をつくるとか」

「ふーん」

そこへ、フリルがやってきました。

「あっ、フリル」

「なんとか言ってやってよ」

「女子をばかにするのよお」

「してないよ」と、男子。

「……クマさんが、それを必要とするんなら、女だとか男だとか決めずに、気のきいたひとがそれをしてあげればいいんじゃないの？」

だいたいのいきさつを聞いたフリルがそう言いました。

「そういうのは、女子が向いてるに決まってるでしょ！」

「橋をつくるひとと差別もされるべきじゃないと思う！」

女の子ウサギたちが言いたてます。

「えー。クマさんとおんなじだけのお礼をもらうってこと？　だれから？」

「差別？　差別なのそれ？」

と、男の子ウサギたち。

フリルはためいきをついて言いました。

「差別されてるとか、ばかにされてるとか、自分のことを思うより、ひとへの思いやりが必要なんじゃないの、仕事って。

クマさんが、つかうひとにたいして思いやりをもって橋をつくってあげられるように、まわりのひともクマさんに思いやりをもって接してあげて……」

「そーんなこと今言ってないし！」

「どのクマさんかも決めてないし！」

みんな笑いました。ひとりウサギさんだけは、思いやり、という言葉のなつかしい響《ひび》きにうたれて、ぼんやりしていました。

ひとりで引越《ひっこ》してきたぼくを思いやってくれたブタさん。もっといろいろお話しすればよかった。あの森ではいつもひとりだったけど、風にのってブタさんの鼻歌が聞こえてくると、気持ちがなごんだ。

「フリルって男の子の味方なのお？」

ここでは、ひとりではないけど。

「どっちの味方とかの話じゃないでしょ」

ずっと、だれかとふつうに話したり、いっしょに何かしたりっていうのにあこがれてたけど。

「いい顔したいのもわかるけどお、女子の権利のためを考えてよね」

でも、ちょっとむずかしかったりもするもんだな、みんなといっしょって。

「まあまあ。そこは男子も努力するからさ」

と、男の子ウサギのひとりがとりなしました。

女の子ウサギたちは、帰っていきました。男の子ウサギのひとりが、ちいさくためいきをついて言いました。

「女の子なんて、呼びもしないときばっかり来るんだよな」

「そうそう。そんで文句言うの」

「……女の子のさあ、好きそうなもの全部、思いつくかぎり用意してさあ。あ、たとえばの話ね」

「うん」

「準備ばんたんでさあ、お花とか咲《さ》いててさあ、天気とか時間とかもちょうどよくてさあ」

「うんうん」

「よし！　って思って、呼ぶじゃん。ちょっと、出てこない？　なんて。でも、けっこう勇気をふりしぼってさあ」

「うんうん」

「ぜーったい、来ないよな。そんな急に言われても、困るわ、とか言って」

みんな笑いました。「まちがいないよな」

ウサギさんは、女の子についてそういった経験はなかったので、つい、だまったままでいました。みな一瞬《いっしゅん》、だまりました。ウサギさんは、しまったと思いました。

（そうだった、今のぼくは、フリルという名の、おしゃべりな、おもしろいウサギ）なにか気のきいたことを言うべきだったのです。

なにか言わなきゃ、とぐるぐる考えて、とりあえずウサギさんはさっきから思っていたことを言ってみました。

「みんなさあ、女の子たちにたいして、やさしいよね」

「ああ、そりゃあだって、もてたほうがいいもんね」

「もてる？」

「やさしいのが好きらしいからね、女の子は」

「そりゃあできればなるべくかわいい子にもてたいけどね」

「ぜいたく言えないもんね」

みんな笑いました。ウサギさんもいちおう笑いましたけど、よくわかりませんでした。

「なんかさ、女の子には、笑っててほしいんだよな。いつでも」

「無茶言ってんのわかっててもさあ、ぷんすか怒《おこ》ってんの見ると、なあ」

「そうそう、笑ってくれるようにって、つい機嫌《きげん》とっちゃうんだよな」

それはわかるような気がしました。


以前すんでいた森や、ブタさんのことを思いだしたせいでしょうか、ウサギたちと別れて自分の家に帰る前に、なんとなく、最初にこの森に来たときにまよいこんだ、〝音のたまる場所〟に行ってみました。

全滅《ぜんめつ》。今年独り立ちしたこどもたちは、全滅《ぜんめつ》。ウサギさんは、真っ暗な穴に落ち込《こ》んだような気持ちになりました。卒業パーティであんなにいきいきと走りまわっていたこどもたちが、みんな死んでしまったなんて、ほんとうだろうか。あの、ブタさんと仲のよかった、リスのこどもたちも？　ブタさん。ブタさんは、どうなったんだろう。

オオカミさんがブタさんちの前にいるのを見て、つい、まかせておけばいいかなって思って、ひとりで逃《に》げてきてしまった。

あの後はどうしたんだろう。オオカミさんは、ブタさんといっしょに逃《に》げてくれたんだろうか。ウサギの自分がいっしょうけんめい走ってなんとか逃《に》げのびたくらいにたいへんな火事だった。ブタさんの足で、どうにかなっただろうか。もしオオカミさんといっしょだったとしても、自分もいっしょに行ってあげればよかったんじゃないだろうか。

ウサギさんは火事からずっと、そう思って後悔しているのでした。それらは、じっさいのところ、今になって思えば、という話であって、火事の当時は、そのときその場の状《じょう》況《きょう》に対応していくのがせいいっぱいだったはずで、たぶん、ブタさんを連れていくことは、思いついたとしても無理だったのではないかと、ウサギさんも思うのですが、それを認めることも、ブタさんの身を思うとつらいのでした。

だいじょうぶ。だいじょうぶなはず。カケスさんなんて、軽はずみにものを言うようなところもあったじゃないか。独り立ち組が全滅《ぜんめつ》なんて、じっさい、ぼくは生きてるじゃないか。あてになんてならない、カケスさんの情報なんて。

フリル

〝音のたまる場所〟には、だれかいました。

最初は、それがだれだかわかりませんでした。でも、

「フリル」


女の子ウサギのフリルが先に来ていたのでした。でも、なんだか、元気がありません。すみっこでうずくまって、たぶん、耳をふさいでいたのでしょう、耳が折れ曲がったようになっています。

「どうしたの、こんなところで」

フリルはだまっています。

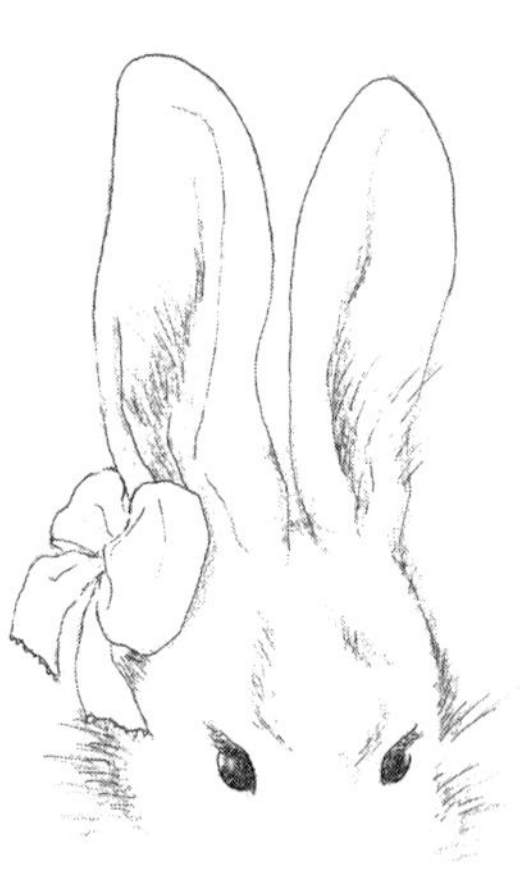

「ここ、うるさいから、きらいなんじゃなかった？」

まだだまって、ただウサギさんを見つめています。なんだか、いつものフリルと全然ちがいます。おおぜいいるウサギのなかには似てる子がいたのかもしれない、と、ウサギさんは不安になって、

「えっと、フリルだよね？」

と訊《き》いてみました。

「……そうよ」

と、やっと答えてくれました。

「だいじょうぶ？」

「うん」

「うるさいでしょ？　ここ」

「うん」

やっぱり元気がありません。というか、会話にならなくて、ウサギさんは途方《とほう》にくれてしまいました。

「……うるさいから、来るの」

「？」

「ほかの子たちは、来ないでしょ。うるさいから」

ああそうか、と思いました。さっきの、女の子たちとの会話。やっぱり、噛《か》み合ってなかったんだな、と思いました。

「疲《つか》れちゃって」

「うん」

「いつも、ああなの。わたしにふっておいて、そのあとでわたしをはじきだすの」

「そうなんだ」

「考えかたがちがうのは、わかってるのよ、あの子たちも」

「うん」

「言わせておいて、反発するの。みんなで」

「そうなんだ」

「そうしてくすくす笑うの」

「……」

「なに？　って訊《き》くと、また笑うの。いやになっちゃう」

「……きみは、女の子たちの、まとめ役だと思ってた。いつも、みんなの中心にいて」

「めんどくさいことを押《お》しつけられてるだけよ」

でも、なんにせよそこはうるさすぎました。なにしろ〝音のたまる場所〟なのですから。ウサギさんは、フリルをうながして、崖《がけ》から上がらせました。

「このまえと逆だね」

フリルは、じっと、ウサギさんの目を見つめましたが、なにも言いませんでした。

「そうだ、来たばっかりのとき、いろいろ気をつかってもらって、ありがとう。ほかの子たちに、ぼくんちに寄るように言ってくれたでしょう。あれで、仲良くなれて、」

すると、フリルがさえぎりました。

「そんなにいろいろと、しゃべらなくても、いいのよ」

なぜか、そんなことを言いました。

（怒《おこ》ったんだろうか。なにがいけなかったんだろう。ああ、いらいらしてたんだ、フリルは）

ウサギさんは思いました。しばらくふたりはだまりました。

「あの、」

と、ウサギさんは言いかけましたが、こころにあることをうまく言葉にできるか自信がなくて、ちょっとだまりました。でも、フリルは、のぞきこんできました。ウサギさんはつっかえながら話しはじめました。

「あのさ、ぼくは、火事から逃《に》げてきたわけでしょう。最初に会ったのがきみで、きみが紹介《しょうかい》、紹介《しょうかい》っていうか、仲介《ちゅうかい》してくれたのが、アマランサスで、あ、その前に長老さんとこ連れてってもらったけど」

なにを言ってるんだろうか、と自分でウサギさんは思いました。フリルをさらにいらいらさせてはいないだろうか、と、心配で顔も見られませんでした。でも、フリルはちゃんとこちらを向いているようです。

「よかったなって、思うんだ。ほかの女の子じゃなく、きみだったことも、ほかの男の子のだれでもなく、アマランサスだったことも。それで、たくさんいっぺんに連れてきてくれたことも、とってもよかったなって思うんだ。ひとりやふたりだったら、きっと、重たかったと、思うんだ。ぼくを、なんていうか、お世話するっていうか、面倒《めんどう》見るっていうか、いろいろ教えたり、ぼくがいろいろ頼《たよ》ったりするのって。もしかしたら、もしかしたらっていうより、きっと、すぐにいやになっちゃってたんじゃないかなって、思うんだ。それは、でも、しかたないんじゃないかなって、思うんだ。だれだって、ひとのお世話より、やりたいことがあるし、やらなきゃいけないこともあるし」

そこまで言って、ウサギさんは、顔を上げました。ずっと、うつむいたままで話していたのでした。フリルと目が合いました。

「ぼくの言ってることわかる?」

と訊《き》いてみました。フリルは、

「わかるわよ。まったくそのとおりだとは思わないけど」

と言いました。

「そう」

とウサギさんは答えましたが、あとをどう続けようか、じつは出口が見えずにいました。どうしようかと思っていると、フリルが話しはじめました。

「あなたが、わたしたちに、なるべく頼《たよ》るまいとしてるのも、自分はかわいそうなんだからやさしくしてほしいなんて思ってないことも、ほかのひとたちからいやなこと言われてもだまってることも、ちゃんとわかってる。お世話だなんて思ってないし、ちょうど季節が冬で、みんなで協力しあうときだったから、よかったなって、あたしも思ってる。あたしは女の子だから、あんまりいっしょには行動できないけど」

ウサギさんはうれしくて、信じられないような気持ちでした。胸がいっぱいになりました。

とうとつに、フリルが、

「今のほうが、ほんとうなんじゃないの？」

と言いました。

「えっ？」

と、ウサギさんは訊《き》き返しました。

フリルはこまったような顔をして、

「だって、いつもはなんだか」

と言って、だまりました。歯切れのよい話しかたをするフリルらしくありません。

「だって、ちがうんだもの」

そう言って、言葉をさがすようにうつむきました。その様子が、いつもに似合わない、ちいさい女の子のようだったので、思わず、ウサギさんは、そうっと近づきました。

（なんだか、かわいい……）

のぞきこんで、せいいっぱいやさしい声を出して、

「なにがちがうの？」

と、訊《き》きました。そのとたんにフリルは意外なほど跳《と》びあがって、毛を逆立て、目をむいてウサギさんを見据《みす》えました。そして、

「それがちがうの！」

と叫《さけ》んで、きびすを返して、走っていってしまいました。

ほんとうのこと

「リィリィ、雪ってどうして降るか知ってる？」

「えっ、どうしてだろう。知らない」

「チカは？」

「知らないよ。知ってるの、フリル？」

「うん。そもそも雪ってなんだか知ってる？」

「だから知らないってば」

「雪は雪だよ」

ウサギさんは、えへんとせきばらいをして、ちょっともったいをつけます。からだをか

がめて、声をひそめます。

「雪はね、じつはね、神さまのね」

リィリィとチカはもうにやにや笑いながら、それでもフリルに顔を近づけます。

「なんだよフリル」

「雪ってさ、白いだろう」

ウサギさんはじらします。

「白いよ。だからなんだよ」

リィリィはじれて、わざといつもに似合わない乱暴な言葉づかいでうながします。

「そんで、ひらひらしてるだろう」

「ひらひらしてるよ。だから雪は神さまのなんなんだよ」

チカもにやにやしながらせかします。


ウサギさんは、あらためてふたりを手まねきして、顔を寄せて、さも重大な秘密をうちあけるように、声をひそめ、顔をしかめて言います。

「フケなんだよ」

「ええっ!!」

「なんだって!?」

ふたりもわざとおおげさに驚《おどろ》きます。

「フケ……。フケだったのか……」

「フケかあ！　きたないじゃん、神さま」

「そうなんだよ。神さまじつはお風呂《ふろ》に入らないからさ、暑い夏のあいだにたまったフケが、冬になって空気が乾《かわ》いて、いっきに」

「うわあ」

リィリィとチカは大笑いです。年上のウサギたちもにやにやしながら、口を出します。

「たくさんすぎるよな、フケ」

「うん、神さまっていっぱいいるからさ、雲の上にならんで、みんなで頭かくんだ、ひまなときに」

「ひまなときにか」

「なんでならぶんだよ」

年上のウサギたちも笑います。

「ねえフリル、じゃあ雨は?」
「雨? きまってるじゃん。お水を飲みすぎた神さまが、雲の上にならんで」
「もういいよフリル。笑いすぎておなか痛いよ」

フリル。ぼくの名前は、ほんとうは、フリルじゃない。ひとは、嘘《うそ》や、隠《かく》し事があると、どうでもいいことをしゃべって、ごまかそうとするものなのかな。ひとだけじゃなく、自分自身にも、そこから目をそらさせようとしているみたいだ。自分でも、どうしてこんなになにかをしゃべっていようとするのか、わからない。

しゃべるのは苦手だったのに。今でも得意とは言えないけど。話題や、受け答えのしかたをいつも必死でさがしてるけど。前よりもすらすら話しているのが、自分でもふしぎだな。気分がいいときさえある。

自分では気づいていませんが、ウサギさんは、おしゃべりでおもしろいフリルとしてふるまうとき、相手の目を見据《みす》えて話しているのでした。ほんとうの自分がわかってしまってないか、おもしろいフリルだと思ってもらえているか、無意識に相手の反応をうかがっているのです。それが、最初に、無防備なままのウサギさんに接した女の子ウサギのフリルに、違和感《いわかん》をあたえているのでした。恥《は》ずかしがりで、すぐにうつむいてしまう男の子ウサギのはずなのに。その印象に間違《まちが》いがあるようには思えない。ときどき影《かげ》がさす横顔。だまったときにしんと彼《かれ》をつつみこむ、ある雰囲気《ふんいき》。

冗談《じょうだん》に笑いころげながらも、いつもいっしょにいる仲間たちにも、それは、気づかれないはずはないのでした。

＊　＊　＊

ウサギさんは夢を見ていました。いつもの、おかあさんの後ろ姿の夢です。
（あれっ）と思いました。
前よりも、近い。

そして、なんだか、今にもこちらに振《ふ》り向きそうな感じがします。暗闇《くらやみ》のなかでぼんやりと、鼻から口、あごにかけての線が見えます。

あれから気をつけて、ウサギさんは、集会のときや、ほかのウサギたちとの行き来の際に、おかあさんらしいひとがいないかさがしていたのです。どうやらこの森にはいないようです。ウサギさんは、ほっとしました。とりあえず、仲間たちやフリルに、嘘《うそ》がばれてしまう気づかいはおおきく減ったのです。

ウサギさんは、リィリィやチカやアマランサスたちのことがとても好きになっていました。ともだちやきょうだいのいなかったウサギさんのなかで、彼《かれ》らの存在はとてもおおきなものになっていました。だいじに思い、失いたくないと思っていました。仲間たちのなかで、おしゃべりでおもしろいフリルとしてふるまい、笑い合いながら、突然《とつぜん》苦しい気持ちになることがありました。

おかあさんが、近くにいなくてよかった。もう、だいじなひとたちがいるから、おかあさんには会わなくても、と、夢のなかのおかあさんの後ろ姿を見ながらウサギさんが思ったときでした。

おかあさんの口が動くのが見えました。そして、はっきりと、ウサギさんのほんとうの名前を呼んだのです。

世界が凍《こお》りついたような気がしました。ウサギさんは、ベッドからはねおきました。

ぼくのほんとうの名前。わすれかけていた、おかあさんがつけた名前。

きゅっとちぢまった心臓が、またおおきく脈うちはじめました。ウサギさんは、暗闇《くらやみ》のなかで目を見ひらいて、はあはあと息をつきました。

そうだよな。

逃《のが》れられるわけがない。

そんな言葉が頭に浮《う》かびました。ウサギさんのなかの、おかあさんの存在は、仲間たちのそれよりも、どうしようもなくおおきいものなのでした。

今それがわかりました。そしてウサギさんは思いました。

夢のなかのおかあさんは、これからもどんどんおおきくなっていって、ぼくをほんとうの名前で呼んで、責めたてるだろう。おかあさんから離《はな》れたいと思ってついた嘘《うそ》が、逆に、おかあさんを引き寄せている。だって、ぼくは、やっぱり、捨てられたなんて思いたくないから。

おかあさんはきっと、近づいてきている。今、この森にいなくても、いつかきっと、どこかで出会う。会ったら、おかあさんに会ったら、みんなに嘘《うそ》がばれてしまう。会うのが怖《こわ》い。顔を見られるのが怖《こわ》い。ぴしゃりと名前を呼ばれるのが怖《こわ》い。

それでもやっぱり、ぼくは、きっと、おかあさんに会いたいんだ。

どうしたらいいのかわからずに、ウサギさんは、暗闇《くらやみ》のなかでひとりで泣きました。

＊　＊　＊

次の日は吹雪《ふぶき》でした。吹雪《ふぶき》の日には、仲間たちは呼びにきません。ウサギさんはほっとしました。よかった。泣いたせいではれた目を見られずにすむ。

けれど、その日はほんとうに寒い日で、ウサギさんは暖炉《だんろ》に火を入れることにしました。火事からこっち、炎《ほのお》を見るのが怖《こわ》くて、寒くても、暖炉《だんろ》はがまんしていたのです。たきぎを少しずつ少しずつくべて、ちいさくちいさく火をたいて、なるべく暖炉《だんろ》のそばに寄りました。

（ブタさん……）

ぱちぱちと音をたてて燃える炎《ほのお》を見ていると、思いだすのはやっぱり、ブタさんのことでした。あいかわらずブタさんの消息は知れません。ブタさんちのドアを荒々《あらあら》しく壊《こわ》すオオカミさんの姿を思いだしました。力強いオオカミさん。するどい眼光。するどい歯。

するどい歯。

とうとつに、オオカミさんの口のなかにずらりとならんだ歯を見て、ひやりとしたことを思いだしました。どうして、ブタさんを助けようとしているオオカミさんの姿といっしょに思いだすのか、と思いながら、ぬぐいきれません。

行方不明のブタさん。オオカミさんのするどい歯、そして牙《きば》。たくましい腕《うで》で、ばきばきと音をたててドアを壊《こわ》して。

なにを考えているんだ、ぼくは。

ウサギさんは頭をつよく振りました。どうかしてる。あんな夢を見たからだ。

ウサギさんが前にすんでいた森とおなじように、この森にすむひとたちもときどき集会をひらきます。森の取り決めや行事や食べものの配給のお知らせがあったあと、意見交換《こうかん》や報告会があります。たとえば、学校での子どもの教育をこうしたほうがいいとか、橋が壊《こわ》れかかっているとか、家においておいた岩塩を盗《ぬす》まれたとか、生まれた子どもの数が多すぎたのでベビーシッターがほしいとか。

そういった問題や要望には、それぞれの分野で対処する役割のひとがいて、話し合ったり、対応したり、改善したりするようです。

どうしても結論が出せない問題だけ、長老さんとよばれるシカさんに報告がなされます。長老さんはいつもお屋敷《やしき》にいて、めったにひとまえに顔を出さないのだそうです。お世話係の若いシカさんが、長老さんへの報告と、それに対する指示を伝える係です。

このあいだウサギさんたちに、雪かきの手伝いを頼《たの》んできたアナグマさんは、いわば、森をすみやすくととのえる係、といったところでしょうか。そのアナグマさんに女の子ウサギたちがむらがっています。

「そうですねえ、お年寄りのおうちに、お料理やそうじをしに行ってあげたりするのは、どうでしょう。それほどたくさんのお礼はあげられないけれども」

「そんなのいやだわ」

「あたしやってもいいけど」

「よしなさいよ。雪かきとかおつかいとか、いろんな雑用もさせられるわよ」

「なにかもっときれいで楽な仕事があるでしょう。あなたがしているような」

アナグマさんはすこしむっとしたようです。

「これでもいろいろなことを知ってないと務《つと》まらないんですよ」

「ずるいじゃないの、男のひとばっかり」

「もっと岩塩を切り出せばいいじゃないの」

「そういうわけにもいかないんですよ。価値が下がってしまうから」

「知らないわよそんなこと。なんとかしなさいよ」

「南の森から避難《ひなん》して来たタヌキさんに、仕事を優先してまわしてあげてるでしょう。ずるいわよ、そんなの」

ウサギさんは、そっとその場をはなれました。

＊　＊　＊

「雪がたくさん降って、崖《がけ》がどこかわからなくなってるんだから、こんなとこ歩きまわっちゃだめよ」

フリルはそのまま行こうとしました。ウサギさんはあわてて、

「ねえ、おばあちゃんのおうちへ行ってたんだよね」

と話しかけました。フリルは振《ふ》り向いて、

「そうよ」

と答えました。

ウサギさんは、フリルに会いたくて、初めて会って話した〝音のたまる場所〟を見下ろす崖《がけ》の上でフリルを待っていたのでした。きれいに晴れて、雪のまぶしい朝でした。

「お、おばあちゃんって、きみの、ほんとうのおばあちゃん？」

「ううん、ちがう。あたしのおばあちゃんは、まだ若いもの」

ううん、と首を振《ふ》る様子が、なんだかとてもかわいくて、ウサギさんは、もっと話していたいと思いました。

「ええと、じゃあ、お礼をもらうの？」

「お礼？」

「だって、お世話をするんだよね？　岩塩とかなにか、もらうんじゃないの？」

「もらわないわよ、岩塩なんて。お菓子《かし》とかなら、ときどきもらうけど」

「そ、そうなの？」

「ともだちだもの、おばあちゃんとは。昨日また雪がたくさん降ったから、雪かきしに行ってたのよ。たいへんじゃないの、お年寄りなんだから」

「そうなの？　ええと、アナグマさんとかに頼《たの》まれたりしたわけじゃなくて？」

「なに言ってるの？」

お金をもらうために、ごはんをつくりに行っていたわけじゃないんだ。気に入られたらもっとお礼をもらえるとか、そういうのじゃ。ウサギさんは思いました。なんだかうれしくなって、もうすこしフリルと話したいと思いました。

「ねえ、あのさ、」

「そういう話しかたやめなさいよ」

ウサギさんはびっくりしてだまりました。フリル自身も、口調がきついのに自分でびっくりしたらしく、きまりの悪そうな顔をしました。

「だって、なんだか、無理してるみたいなんだもの」

「えっ」

「無理してしゃべってるみたいに思えるの」

ウサギさんは固まってしまいました。「無理なんてしてないよ」と、言おうと思うのに、口も、顔も、動きません。ウサギさんがなにも言わないので、フリルはしかたなく続けました。

「みんな、知ってる。たぶんほんとうのあなたとちがうって、わかってる。わかってて、言わないでいるの」

「…………」

ウサギさんは、ショックでした。言葉が、出てきません。

「あなたが、そうしたいなら、なにか理由があるんだろうって。でも、あたしは、だまっていられないもん。いやだもん」

「…………」

「…………」

「……そんなに、きらい……」

「きらいって言ってるんじゃないの。わかってて、わざとだまってるのが、いやなの。そんなの、思いやりなんかじゃない。ともだちが、無理して、ちがうひとになろうとしてるの、だまって見てるなんて」

そして突然《とつぜん》ぷんぷん怒《おこ》りだしました。

「でもたぶんみんな、あたしが言いに行くと思って、待っててんのよ。ずるいんだから、男の子たちなんて」

ウサギさんの目の前で、ものすごいいきおいで世界が変わっていくようでした。でも、変わるわけじゃない、戻《もど》るんだ。最初から、そうだったはずのところへ。でも、ぼくには遠まわりが必要だった。みんな、待っててくれた。

くらくらと目まいがするようで、ウサギさんは動けずにいました。フリルに「ありがとう」と言いたいのですが、なんだかタイミングを失ってしまったような気がして、うつむきました。フリルが、そろそろと近づいてきました。

「だいじょうぶ？　今あたしが言ったこと、悪い意味にとらないでね……」

ウサギさんは強く横に首を振《ふ》りました。そうして、あっ今のはどっちの意味にとられただろう、とちょっと思いましたが、それよりも、ずっと言いたかった、だれかに聞いてほしかった思いが、口をついて出てきました。

「あの」

自分は、母親に捨てられたかもしれないこと、どっちでもいい、と思おうとして思い切れなくて、みんなが親離《おやばな》れしたあとも、かえってその思いばかりにとらわれて、前に進めずにいること、母親にさえ好かれていなかった自分が、ほかのひとたちに好かれるはずがない、という思い込みがどうしてもあって、ひととうまくつきあえないこと。

そして、あの予感――いつかおかあさんと会うのではないか、そして、また深く関《かか》わらざるをえないことになるのではないかという予感――が、奇妙《きみょう》なほど胸を去らないこと、そして、そうなったとき、自分がおかあさんにどんな対応をしてしまうかわからなくて怖《こわ》いこと、などを、つっかえながら、ときどきは言葉が見つからなくてだまってしまったりしながら、長い時間をかけて、話しました。


ウサギさんがだまりこんでしばらくして、フリルが言いました。

「ちょっと、こっち来て」

ふたりで雪のなかを歩いて、ちいさな小屋まで来ました。三方に板がはってあって、腰《こし》をかけられるベンチがつくってあります。

「ヒースの野原がひろいでしょう。吹雪《ふぶき》にあっちゃったらたいへんだから、雪よけの避難《ひなん》所《じょ》をつくってあるの」

「そうなんだ」

ふたりですわりました。

「あっそうか。ごめんね、気がつかなくて。冷えたよね」

ウサギさんは言いました。自分の話だけに夢中になっていた、悪かったなと思いました。

フリルはそれには答えずに、

「そのときになってから考えれば？」

と、突然《とつぜん》言いました。ウサギさんはびっくりしてフリルの顔を見ました。

「おかあさんのこと。会って、話とかもしてから、どうするか決めたら？」

フリルは続けました。

「今なにかを決めたって、おかあさんと会うそのときまでに、いろんなことが変わるかもしれない。いっしょにいたいと思ったとしても、離《はな》れていたいと思ったとしても、気持ちだけじゃどうにもならないことだってあるかもしれない。今のその気持ちだって、どう変わるかなんて、だれにもわからないし」

フリルはまっすぐにウサギさんの目を見ていました。先延ばしにすればいい、という意味で言っているのではなく、フリルもせいいっぱい、ウサギさんの悩《なや》みに向き合っているのが、ウサギさんにわかりました。

フリルにもきっと、悩《なや》みや気がかりがあるんだな、と、ウサギさんは思いました。ただかわいがられて育っただけだとしたら、こんなにひとを思いやることはできないのじゃないかな、と、なんとなくですが、そう思いました。

「ね？」

「……うん」

「あたし、ケンカしたりしてもいいでしょ？」

「？」

「おかあさんと」

ウサギさんは胸がいっぱいになりました。

「……うん」

そうしてまたうつむいてしまいました。

ウサギさんがまたうつむいてしまったので、フリルは、顔をのぞきこもうとしました。ウサギさんは顔をそらしました。フリルはまたのぞきこみました。ウサギさんはまたそらします。泣きそうになってしまっている顔を見られるのが恥《は》ずかしいのです。

フリルは今度はのぞきこんではこないようです。ほっとしたような、がっかりしたような気持ちで、ウサギさんがそろそろとフリルのほうへ目を向けたとき、突然《とつぜん》ウサギさんの背中が、ほかっとあたたかく、それから、ずしっと重たくなりました。フリルが背中合わせにのっかったのです。ぐいぐい押《お》されて、ウサギさんはとうとうベンチの上につっぷしてしまいました。頭の後ろでくすくす笑う声がします。ふわふわしてて、あったかくて、くすぐったくて、重たくて、ウサギさんは、しあわせでした。

「フリル」

フリルが、ウサギさんに呼びかけました。ウサギさんは、なぜか返事ができませんでした。リィリィやチカに呼ばれるときはすぐに返事ができるのに。

「やっぱり、へんな感じ。自分の名前を呼びかけるのって」

フリルが照れくさそうに言いました。

ウサギさんは、しばらく考えて、自分のほんとうの名前をうちあけました。

「名前を呼ばれるのは、いつも、叱られるときだった。おかあさんでなくても、呼ばれると、怖《こわ》くてからだが震《ふる》えだすんだ。だから」

フリルは、ウサギさんの背中から離《はな》れて、起きあがったウサギさんと向き合いました。そして、たしかめるように、その名前を口にしました。もういちど、今度は空を見上げて、口ずさむように発音しました。

「いい名前」

「…………」

「ねえ、いい名前よ」

「……うん」

からだが震《ふる》えるようなことは、ありませんでした。

吹雪《ふぶき》のあとの、きれいに晴れた空でした。なにかがすぽんと抜《ぬ》けたようでした。真っ青な空を見ながら、

（フリルという名前とは、もうお別れだ）

とウサギさんは思いました。嘘《うそ》をついていたことで、きっとみんなからの信用を落とすだろう。なにを言っても嘘《うそ》と思われてしまうようになるかもしれない。しかたない。でも、がんばって、信用を取り戻《もど》してみせる。フリルだけがわかっていてくれればいい。

フリル。白い、ブタさんのエプロンの、フリル。名前の由来を、今となりにいるフリルに話すときが、きっとじきに来るだろう。フリルのついたエプロンをしていたブタさんのこと。栗《くり》のパウンドケーキをもらったこと。気づかってもらったのがうれしくて、雨の日のいやな記憶《きおく》が薄《うす》れたこと。アップルパイのこと。時間がかかっても、ていねいに話そう。きっと「やさしいひとなのね」って、フリルは言うだろう。

ああ。ブタさん。あの火事で、どうなったろう。生きていてほしい。ブタさんに会いたい。会って、フリルを紹介《しょうかい》したい。なんだか、とても、よろこんでくれそうな気がする。

だれも知らない

火事のなかで、ひとがなにを考えるか、どう行動するかなんて、だれにもわかりませんよ。もしかしたら、そのひと自身にだってわからないかもしれない。火事が終わってしまえば、自分でもなぜそのときそうしたんだろうかなんてね、わからないかもしれない。

火事が終わってしまってから、それを持ち出して云々《うんぬん》しようっていうのはね、それこそ間尺《ましゃく》に合わないことだとね、あたしは思うんですけどね。火事も終わって落ち着いて、やれやれじゃあそろそろってんで、白日《はくじつ》のもとに持ってきてね、あんたあのときどうしてこんなことしたのなんてね、言葉でも行動でも、常識も法律もなにも通用しないところで、自分の心から出たそのままのことをね、火事のなかでのことなんてね、平和な世界の

常識のもとでなんて、想像もできないことだと、あたしなんかは思うんですよ。

火事のなかで、なにが起こってるかなんて、だれにもわからない。

まぼろしだって、見るかもしれない。

あたしは、たしかに、おしゃべりでおせっかいで軽率だけれど。

言わずにいることだって、あるんですよ。

ウサギさんがおとうさんになった

もぞもぞ動く、ちいさな生きもの。まだ赤はだかで、目も閉じられています。

（ぼくの子ども）

見ているうちに、ウサギさんは、からだが震《ふる》えてきました。うれしい気持ちからではなく、愛《いと》しい気持ちからでもなく、いいえ、そのどちらももちろんあるのですが、まったくべつの気持ちが、ウサギさんを、どうしようもなく震《ふる》えさせているのでした。

（どうしよう）

と、ウサギさんは思っているのでした。だいじすぎて、愛《いと》しすぎて、自分がどうしたらよいのかわからずに、このちっぽけな自分が、この大切なものを守っていけるのか、自信が持てずに、震《ふる》えているのでした。

どんどんその気持ちがふくれあがってきて、なんだか取り返しのつかないことをしてしまったような、恐《おそ》ろしいような気持ちになったとき、それは、突然《とつぜん》ウサギさんの胸をよぎりました。

（いっそ、なかったことに）

一瞬《いっしゅん》、ウサギさんはなんの感情も持たずに、もぞもぞ動くものを見つめていました。

突然《とつぜん》、手になにか触《ふ》れました。ウサギさんは、跳《と》びあがるほどびっくりしました。

目の前が明るくなったような気がしました。なんだか視界が暗く、せまくなっていたようです。

横を見ると、今では奥《おく》さんになったフリルと目が合いました。からだじゅうの力が抜《ぬ》けて、へなへなとすわりこんでしまいました。フリルは、だまったまま、横にすわって、ウサギさんの手をとりなおし、自分の手を重ねて、からだをぴったり寄せました。そうして子どもたちのほうに目を向けました。ウサギさんも、もういちどそちらを見ました。まだ赤はだかの子どもたちは鼻づらをあげ、手足をつっぱって、あたたかい、やわらかいものをさがしもとめているようです。ウサギさんとフリルの子どもたちです。

ウサギさんは毎日、フリルとこどもたちのために食べものをさがしました。仕事があれば仕事をして、岩塩、つまりこの森でお金の役割を果たすものをもらいました。それで、自分たちではつくれない道具や、ほしいものを買ったりしました。

ウサギさんはしあわせでした。フリルがいて、子どもたちがいる……そうなってやっと地に足がついたような気がしました。おかあさんといても、どこに住みついても、自分がそこにいていいという実感がなかった。いつ自分が別の場所に行ってもだれもなんとも思わない、そういう状態が、ほんとうはとてもさみしかったのだ、と気づきました。

でも。

ときどき、フリルと言い争いになることがありました。子どもの育てかたについてや、家での過ごしかたや、家事の細かいことや考えかたの違いや、そのほか、ウサギさんにはどうしてもわからないさまざまなことで、フリルと言い合いになってしまうのです。

大好きなフリルが眉間《みけん》にしわをよせてものを言うのを見るのがつらくて、ウサギさんはいつも、なるべく折れるようにします。フリルは、すぐにそれに気づきました。気づいたあとは、なにか言おうとしてだまってしまうことも多くなりました。ウサギさんも、すぐにそれに気づきました。

だまりこんだフリルを見ると、ウサギさんは、今度はたまらなく不安になってしまいます。すこしでも笑顔を見たくてなにか話しかけるのですが、そのおろおろとした様子が、フリルをかえって怒《おこ》らせてしまうのでした。

わだかまりを抱《かか》えたまま、毎日、食べものをさがし、畑をつくって野菜を育て、ときどき子どもの面倒《めんどう》を見、フリルに用事を伝え、また、用事を伝えられて、それをこなし、森の仕事をして岩塩をもらい、フリルに渡《わた》し、食事をして、眠《ねむ》りにつきました。

ある夜、ウサギさんはなにということもなく寝《ね》つけずにいました。

最近急にあたたかくなって、草木がいっせいに芽吹《めぶ》き、まぶしいような緑のなかで、はしゃいで遊んだせいで、子どもたちはぐっすり眠《ねむ》っていました。フリルの寝息も聞こえました。ウサギさんは起きあがって、台所にお水を飲みに行きました。

どこかからフクロウの声が聞こえました。（どこだろう）ウサギさんは耳をすませました。だいぶ遠いところだ。

さらさらと音が聞こえました。耳をすませたせいで聞こえた、ほんとうだったら聞き逃《のが》していた、かすかな風がわたって、まだやわらかい葉がふれあう音でした。

ウサギさんはしばらくその音を聴いていました。静かな夜のなかで、ときどきとぎれながら、耳にとどいてくるかすかな音。すると。

突然《とつぜん》ウサギさんは悲しくなってしまいました。

すとん、と、どこかに落ちてしまったような気がしました。

ウサギさんはいそいでおもてに出ました。

地面にぽたぽたと涙が落ちました。目の前には、森の暗がりが口を開けています。ウサギさんは走りだしました。なにも考えず、どこへ行くかも決めずに走り続けました。

夜の森の暗いほうへ、奥の奥の暗いところへ、このままどんどん行ってしまおう。知らないところへ。暗闇のなかへ。このまま溶けてしまえ。そんな思いがよぎりました。フリルがいる。子どもたちがいる。ほんとうにそんなことをする気はないけれども。でも。

夜の風が頬にあたりました。しめった土のにおいと、やわらかい草のにおいがしました。

……………………………………………………。

気がついたら、〝音のたまる場所〟に立っていました。

（ここか）とウサギさんは思いました。ここは、フリルと初めて会った場所なのです。

（ぼくには、結局、ここしか）

（ここしかないのに）

だれにも見られずにすむその場所で、ウサギさんはうつぶせて泣きました。

あれほどわかりあえた相手のはずなのに。

フリルは、フリルのままなのに。ぼくだって、なにも変わらないのに。どうして今、こんなことになってるんだろう。

どうして好きっていうだけの気持ちでいっしょにいられないんだろう。

どうしていつまでも上手に話せないんだろう。

どうして喜ばせてあげられないんだろう。

胸がひきむしられるようでした。頭のなかがふくれあがっているようでした。耳の奥《おく》ががんがんしました。音が響《ひび》いている場所のはずですけれど、自分のうめき声以外になにも聞こえませんでした。

ううううう。

ウサギさんはしばらくそうして泣いていました。

ううううう。ひっく。

うううう。

ぶうううう。

ううううう。

ずうううう。

泣きながらもウサギさんは（あれっ）と思いました。ぼくの声じゃない。

ぶううううう。

ずううううう。ぎりっ。ぎしっぎしっ。

低くのばす音に、いきなり、重くきしむ音が混じってきて、ウサギさんはびっくりしました。

（ああ。いびきと……、歯ぎしり？）

歯ぎしりって、こんな音がするのか。ウサギさんはなんとなく気をとられました。

がさがさ、がさがさ。

こつ、こつ、こつ、こつ。

伝わってくる音に気をとられたせいで、なにかが歩きまわるらしい音や、なにかをたたくような音も聞こえてきました。

……じゃないの。

しずかにしなさい。

……なこと、あるわけが。

あーあ、もう。

話し声もあちこちから聞こえてきました。

泣きながらも、それらの音や声を聞いて、ウサギさんは、
（みんな、それぞれの生活をしているんだな）
と思いました。あたりまえだよな。あたりまえだけど。

それぞれの生活。それぞれ、みんな、いろんなことが。ひとの知らない、気づかれないところで、いろんなことがあって、いろんな思いがあって。

ちいさい子のようにしゃくりあげながら、ウサギさんは、なんとなくそんないろんな音を聞いていました。そうか。そうだよな。生活だもの。

ふと、気配に気づいて顔を上げると、崖《がけ》の上にフリルがいました。空を背にしているので、顔は暗くて見えませんでしたが、フリルも泣いているのがわかりました。

「上がってきなさいよ」

フリルが、すこし、かすれた声で言うのが聞こえました。「うん」と答えながら、ウサギさんは、フリルのうしろに星空がひろがっているのに気がつきました。今初めて気づいたのでした。

家のなかでも、森のなかでも、気がつかなかった。ひろいひろい空に、いっぱいにちりばめられてまたたいている星。しぜんにウサギさんは、すうーと息を吸っていました。星たちの、つめたくてきよらかな息づかいを吸い込《こ》んだような気がしました。

崖《がけ》の上にあがったら、無理に顔を上に向けなくても空と星が見えることに気づきました。すこし高くなっているので、見えやすいのです。暗がりですが、ヒースの若い芽の香りがします。フリルはうつむきかげんで、星も空も見えていないようでした。

「わかってくれないなんて、思うのをやめようと思うの」

つぶやくように、フリルが言いました。

「わかってほしいなら言葉にしなけりゃいけないのよね。でも」

言いよどむフリルの気持ちはウサギさんにもよくわかりました。さっきまで自分もそういう気持ちだったのです。ついさっきまで。

うつむいてしまっているフリルを、ついさっきまで自分も落ち込《こ》んでいた暗闇《くらやみ》から、はやく救ってあげたい……。

フリルに、ひろい空と、空を埋《う》めつくしてきらきらまたたく星のほうを見てほしいな、と思いました。でも、「空を見ようよ」なんて言うのはちょっとちがう気がしました。フリルに、顔を上げてほしくて、ウサギさんはいそいで、

「あの」

と言いました。それから、（なんて言おう）と思いながら、続けました。

「それもそうなんだけど、ぼくは」

フリルが目の前でうつむいていました。目のふちに涙《なみだ》のあとがありました。そんなフリルは初めてでした。言葉はしぜんにウサギさんの口から出てきました。

「だまって信じててだいじょうぶなことだってあると思うんだ。子どもたちのお世話とか、家のこととか、こまかいことは、そりゃ、言ってもらわなきゃわからないけど」

だれか別《べつ》のひとが話しているみたいでした。さっき暗闇《くらやみ》に落ち込《こ》んでいたときは、思いもよらなかった言葉でしたが、たしかにそれはウサギさんの心からの思いなのでした。

「きみは、いつでも、わかってくれたもの。ぼくがなにも言わなくても」

フリルの涙《なみだ》を見たら、なにかがウサギさんのなかで変わったようでした。フリルもおなじ気持ちだったのだ、と思ったら、遠慮《えんりょ》とか、気がかりとか、わだかまりとかが、溶《と》けてちいさくなってしまったようでした。

「ときどき、ぼくでよかったのかなって思うことがある。ぼくみたいなよそものより、気ごころの知れている幼なじみのなかに、いくらでもいい男の子はいただろうしって」

フリルの視線を感じました。

「でも、そんなふうに自信をなくすのは、ぼくの勝手なわけで……。その、なんていうか、きみがぼくを好きでいてくれてるか確かめたいなんて思う気持ちから、なにか言ってしまうのは、やめなきゃって、そんなこと、思ったりする」

ウサギさんの右側があたたかくなりました。フリルが身をよせてきたのでした。

ふわふわの感触《かんしょく》とあたたかい体温を感じながら、ふたりで星をながめているのは、しあわせな気持ちでした。

子どもが生まれておとうさんになるのじゃない。ひとから「おとうさんだね」って言われて、おとうさんとしての務《つと》めを無理でもなんでも背伸《せの》びしてこなそうとして、できたりできなかったりしながら、すこしずつおとうさんになっていくんだ。

リィリィにも、チカにも、子どもができたと聞いた。きっと、しあわせいっぱいでもないだろう。おなじようなものだろうと思う。きっと、ふたりも、だまってがんばっている。

あるとき、ふと、（もしかして）と思いました。

（もしかして、おかあさんも、おなじだったのかな）

自分には、奥《おく》さんとなった、そして、今やりっぱなおかあさんとなった、フリルがいる。でも、母には、いっしょにいるひとがいなかった。ひとりでは、たいへんだったろうな、と、ウサギさんは思いました。

ぼくが、もし、ひとりで、こどもたちと向き合ったら……。

いろいろ想像したら、それだけでウサギさんは、なんだか落ち込《こ》んでしまいました。お世話がたいへんなのはもちろんだろうけど、こんなぼくに頼《たよ》りきって、ぼくがいなかったら生きていけない存在がいたら、正直、つらいだろうな。ぼくは男で、おかあさんは女のひとだけど、だからといって、こどもやこどもの世話が好きとはかぎらないし、どうしていいかわからなかったり、いらいらしたりもするだろうな。フリルだってよくいらいらしてるし。

なんだか、おかあさんが、身近に思えました。

夏が近づいてきていました。急に日差しが強くなったある日、食べものをさがしに出ていて、ふと、こんな日差しのなかで汗びっしょりになって、ひとりで家をつくっていたのを思いだしました。

「おとうさーん」

子どもたちがかけてきました。

「今帰りか」

「うん」

子どもたちは学校に通っているのです。ウサギさんの子どもは三にんなのですが、なんだかたくさん、すこし離《はな》れたところで待っています。

「ともだちか」

「うん。ねえおとうさん、なにがあった？　食べもの」

ウサギさんは手にした袋《ふくろ》をのぞいて、

「うん、はこべがたくさんあった。畑でにんじんもとれたし、いちごも赤くなってたよ」

「わーい。じゃあ今日は、はこべのサラダと」

「にんじんのポタージュ！」

「冷たいやつね！　冷たいやつ！」

「おかあさんに言えよ」

と、ウサギさんは笑いました。

「うん。じゃあ帰るね」

「あとでねおとうさん。早く帰ってきてね」

「にんじんすりおろして、ポタージュにして、そのうえ冷たくしないといけないんだから、時間かかるんだから、早く帰ってきてね」

「わかったよ」

言いかたがフリルそっくりです。ウサギさんはおかしくてまた笑いました。子どもたちは、ともだちといっしょに帰っていきました。

ともだちがたくさんいてよかったな。ウサギさんは見送りながら思いました。あのなかにリィリィやチカの子どもたちもいるのかな。

ウサギさんの子どもたちは毎日汗《あせ》をかいて遊びまわり、学校に行き、日に日にたくましく、賢《かしこ》くなっていきます。

おおきくなってくる子どもたちを見るにつけ、（どうしてだったんだろう）と思うようになりました。そうだ、いつのときも、母を恨《うら》んだり、憎《にく》んだりしたことはなかった。ただ、とてもさみしくて、（どうして）と思っていただけだった。捨てられた、という言葉の響《ひび》きにとらわれてしまわないようにしないと、と思いました。

なにが、母を、そうさせたのか、それを聞きたい。そういう母だったから、こういう自分になったのだ。いろいろな出会いも、なかったのかもしれない。責めたり、訴《うった》えたり、白黒つけたりではなく、たとえば、お茶でも飲みながら、おなじ目線で、おなじ景色を見ながら、おなじ空気を吸いながら。

どうかな。無理かな。フリルに言ったら、なんて言うかな。

なに言ってんの。あたしはお茶なんて出さないわよ。

ウサギさんはまたひとりで笑いました。

「ただいまー」

「ねえおかあさん、今日は、はこべのサラダと」

「にんじんの」

そこまで言って、子どもたちは固まりました。

テーブルの上に、ちいさなアップルパイがおいてあるのです。

四角の形に折ってあって、合わせ目にフォークでおさえつけたあとがついていて、つややかに焦《こ》げめのついた表面にあけられた穴から、りんごのいい香りがします。バターやシナモンの香りもします。

子どもたちは釘《くぎ》づけになりました。見とれ、香《かお》りを嗅《か》いで、顔を見合わせたあと、同時におかあさん、つまりフリルのところへ走っていきました。

「おかあさん、どうしたのあれ」

フリルは気持ちよく乾《かわ》いたせんたくものをたたみながら答えます。

「ああ、今日の集会で、最近この森に引越《ひっこ》してきたひとが、ごあいさつに、って配ってたのよ。ひとつしかないから、仲良く分けなさいよ」

「おかあさんは？」

「いいわよ。あなたたちで分ければ」

「おとうさんは？」

「いいわよ。あたらしく来たひとにいただきものをしたって言っておけばいいから」

「はあい」

「わーい。アップルパイだー」

「まんなかがいいよね。じゃんけんね、じゃんけん」

著者プロフィール

作・絵　はまうち ようこ

1969年１月８日生まれ。愛知県出身。
星座は山羊座だが、あまり堅実ではない。
血液型はＡ型だが、あまり几帳面ではない。
2012年、文芸社より『ブタさんのアップルパイ』刊行。
2015年、文芸社より『リスさんの冬じたく』並びに
『ウサギさんの恋』刊行。

ウサギさんの恋

2015年10月15日　初版第１刷発行

作・絵　はまうち ようこ
発行者　瓜谷 綱延
発行所　株式会社文芸社
〒160-0022　東京都新宿区新宿１－10－１
電話　03-5369-3060（編集）
03-5369-2299（販売）

印刷所　株式会社フクイン

ISBN978-4-286-16518-9